GENTES III

Roberto Peláez Romero

Editorial Primigenios

Primera edición, Miami, 2024

© De los textos: Roberto Peláez Romero
© Del texto de contracubierta: Eduardo René Casanova Ealo
© De la presente edición: Editorial Primigenios
© Del diseño: Eduardo René Casanova Ealo
© De la ilustración de cubierta e interiores: Midjourney
ISBN: 9798880239955

Edita: Editorial Primigenios
Miami, Florida.
Correo electrónico: editorialprimigenios@yahoo.com
Sitio web: https://editorialprimigenios.org

Edición y maquetación: Eduardo René Casanova Ealo

Dedicatoria

A mi madre, gracias por tu amor, por enseñarme que es difícil vivir sin los libros.

A mi padre, por sonreír aún en los momentos difíciles.

A Maritza y Alex que me impulsan... y me soportan.

A Marylola y Gustavo por las vivencias.

A Mirtín por su cariño.

Agradecimiento

A mis maestros

A los periódicos Venceremos y El Mundo que resultaron una escuela

A la Editorial Primigenios por su incondicionalidad

PRÓLOGO

Cuando me desperté y miré la ventana abierta y vi la luz de la luna en los tejados de las altas casas, allí estaba la sensación. Escondí la cara entre las sombras rehuyendo la luna, pero no pude dormirme y seguí dándole vueltas a aquella emoción. Los dos nos despertamos dos veces aquella noche, pero al fin mi mujer durmió con dulzura, con la luz de la luna en su cara.

Ernest Hemingway ("París era una fiesta")

Tras más de un año desde la aparición de su libro Gentes Volumen II, contentivo de 47 cuentos o historias cortas, nos llega Gentes III, de la mano del periodista y escritor Roberto Peláez, quien hace gala una vez más de su acostumbrada economía de palabras y el manejo de los diálogos.

La más reciente obra de este autor guantanamero, asentado en la ciudad de Las Vegas, viene a corroborar que en su quehacer literario el diálogo desempeña un papel relevante, indispensable a la hora de narrar.

Por otro lado, Gentes Volumen III indica a las claras que el autor no se ha podido "desprender" de sus casi cuatro décadas vinculado al periodismo escrito.

Antes de dar paso a su imaginación y trasladar esta al papel o la computadora, el autor fue —es— un lector más que empedernido, atento, con un ojo presto a detectar, hacer suyas las lecciones de los maestros en el difícil oficio de escribir.

El autor de Gentes, volumen III, reconoce en su obra la influencia de escritores como O. Henry, Mark Twain, Jerome D. Salinger, Juan Rulfo, Horacio Quiroga y Nikolái Leskov, pero sobre todo del periodista y escritor Ernest Hemingway, con su estilo conciso y oraciones cortas.

El diálogo en la obra que nos ocupa, literalmente "vive", está instalado dentro de una prosa en que la descripción pasa a un segundo plano, cede a lo lacónico, en una narración directa, que no conoce vueltas y revueltas, de regodeos. Es una "herramienta" indispensable en la forma de narrar del autor.

Los cuentos que integran o forman parte de Gentes III están redactados con una apoyatura considerable en palabras simples, precisas, acompañadas de una gran economía de recursos expresivos, estilo heredado –casi con seguridad– de los muchos años ligados al periodismo escrito.

Del laureado Hemingway, aparte de lo conciso, el retratar a los personajes por intermedio del diálogo, Peláez echa mano a la llamada técnica del "iceberg", con un estilo que funciona sobre todo en la presunción, el lenguaje sugiere más que lo dice o pretende decir.

"El lector, dijo el propio Hemingway, solo verá lo que está sobre el agua". Eso que sabemos de los personajes, por lo que expresan, ayudará al lector a adentrarse en el "iceberg".

En los cuentos *Amigos*, *Duelo*, por poner un ejemplo, hay una brevedad casi punzante, que se puede tocar. En *Payaso*, el autor hace gala de otra manera de narrar, el personaje central conversa con un amigo que no aparece pero está ahí, y el final es sencillamente estremecedor. Predomina un lenguaje coloquial significativo. No es descabellado considerar que más que el diálogo entre dos personas, esta historia corta es también una muestra de diálogo interior, tal como lo apreciamos también en *Preguntas*.

Ruptura, por su parte, tiene una carga de pesimismo y dolor, que también afloran en *Preguntas*, tal como lo hicieron algunas piezas en Gentes I y II, algo que el escritor lleva consigo.

Sin dudas apelar a los diálogos es una decisión narrativa que tiene mucho de efectiva, solo que lleva trabajo, exige oficio que los personajes se den a conocer sin que el narrador ofrezca mayores explicaciones; se trata de un recurso narrativo difícil de dominar, que incuestionablemente requiere de mucha práctica. Otra vez se hace sentir la influencia del periodismo.

Peláez echa mano al diálogo para retratar a sus personajes, sin embargo no puede –por ningún concepto– desprenderse del recurso de la comprensión, aun cuando apela o "construye" sus piezas con un lenguaje mínimo.

En cada uno de estos cuentos apenas interviene el narrador, él se limita a escuchar, a presentar a los personajes por lo que expresan, y claro, por su estado de ánimo, sus reacciones... *Reclamo* es un buen ejemplo de ello.

Queda pues la invitación a leer los cuentos que siguen, en los que el narrador casi pasa inadvertido, prefiere invitar a una plática espontánea, entonces, caminemos a su lado.

Maritza Maldonado Blet
Las Vegas 2023

Palabras del autor

Me había propuesto poner punto final a Gentes, volumen III, a mediados del 2023, sin embargo no pudo ser, y es que la literatura y las aspiraciones no se llevan bien.

Traté de hacer valer la idea de concluir este libro para el Segundo Encuentro Internacional de Escritores (noviembre 18 2023) a efectuarse en el Ayuntamiento de la ciudad de North Las Vegas. La realidad –cómplice de la vorágine de trabajo y la vida misma– me "golpeó" de nuevo.

Recuerdo con frecuencia lo que dijo el estadounidense Ernest Hemingway al referirse a la convivencia (en una misma persona) entre el novelista y quien hace periodismo para llevar el pan a casa.

"Un novelista debe tener la capacidad de saber en qué momento de su trabajo tiene que abandonar el periodismo como fuente de vida y dedicar su tiempo a su obra narrativa".

Mi excusa –o una de ellas– es que estoy lejos de considerarme un novelista, y más lejos aún de poder vivir de mis cuentos.

"El periodismo, después que se llega a cierto punto, puede llegar a ser una autodestrucción cotidiana para un escritor creador serio", aseveró el autor de *Las nieves del Kilimanjaro*.

No hay dudas de que el periodismo es avasallador, ocupa mucho tiempo, más aún para quien siente la necesidad de escribir y hacer literatura. Es como una maquinita de moler carne... pero textos.

Gentes volumen III salió adelante pese al avasallamiento que mencionaba antes, en medio de un periodo intenso de trabajo en el semanario El Mundo –el periódico hispano de más tiempo en Las Vegas–, y la atención que exige la organización Literarte en su noble propósito de promover la cultura en sus diferentes manifestaciones.

Reconozco que ambas actividades dejan poco tiempo para escribir. Esa insistente "máquina de tragar textos" una y otra vez que es el periodismo, se mantiene imperturbable, y los lectores del semanario merecen respeto, una labor decorosa desde el medio de prensa. ¡Cuánta razón le asistía a Hemingway! La entrega profesional afecta el quehacer literario.

Sin ser un novelista –lo apunté antes– puedo afirmar que escribir cuentos es también una carrera de larga distancia en que es menester administrar las fuerzas, sopesar cada línea, los personajes, el final. Todo ello lleva tiempo si se quiere materializar una labor seria.

Qué decir de mis cuentos, de los aparecidos en libros anteriores, de los que se quedaron o viven en mi imaginación, la respuesta puedo encontrarla en las palabras que dije a una amiga –periodista por más señas–, los quiero a todos.

No cejo en el empeño. Muchas gracias.

El Autor

ÁRBITRO

Para mi amigo César Pérez

Ya no es el de antes, después del accidente Salazar no tiene los mismos reflejos... de aquel short stop sobre el montículo, sus fildeos elegantes, solo quedan los recuerdos.

La velocidad sí, aún le miden 93 y 94 millas, como ahora, el catcher le pide una recta rápida, a los codos, lo mira bien, hace los movimientos y lanza.

El director del equipo contrario corre desde la banca.

–Desbol, desbol.

El árbitro se quita la careta, lo enfrenta.

–Aquí quien dice si es desbol o no, soy yo, tú no estás para decidir.

Los dos se aproximan al bateador que se queja de dolor en las costillas.

–¿Te duele mucho? Voy a mandar a alguien a correr por ti en primera –acota el director.

–¿No entiendes? Usted no va a hacer nada –señala el árbitro de manera autoritaria–, su jugador tiene que ir a batear porque no es desbol.

–¿Qué dice? Por poco lo envía al hospital y no es desbol.

–Fue un lanzamiento pegado, pero él no se apartó, no hizo nada para evitar el pelotazo –argumenta el árbitro.

–Ay, ay –se queja el bateador.

–Vamos, basta de teatro, bien que te podías haber quitado –apunta el que imparte justicia.

Salazar quiere ir hasta donde están ellos, disculparse, pero lo miran amenazantes.

−El partido no puede demorarse, hay amenaza de lluvia y esto no se me puede ir de las manos, hoy se decide el campeonato −subraya el árbitro.

−Todo el mundo vio que fue desbol −insiste el director, y ahora...

−Lo puede haber visto el estadio completo −lo interrumpe− pero yo soy quien está cerca de la jugada, tengo la última palabra... estoy siendo paciente contigo.

Llegan el médico y el masajista.

El bateador se levanta la chaqueta, el doctor le palpa las costillas.

−Me duele.

El masajista acciona el *spray* anestésico. El árbitro saca la escobilla y limpia el home.

−Eso no se hace, ustedes son compañeros −le vocifera el director al pitcher. Salazar se hace el desentendido.

Llovizna.

−En tres minutos se reanuda esto −advierte el principal y consulta su reloj.

Los aficionados comienzan a impacientarse.

Se acerca corriendo el entrenador de pitcheo.

−Es hora de jugar −señala.

El árbitro guarda la escobilla y lo mira desafiante.

−Tú también quieres mandar aquí, para decidir estoy yo; quieren formar una tormenta, arriba, regresen a la banca.

Las gotas de lluvia se hacen sentir. El médico comenta.

−Debe detener el juego, está lloviendo fuerte.

−Ya, lo que faltaba, mejor atienda lo suyo que yo sé lo que hago... ahora todos son meteorólogos.

Se ubica tras el home, se arregla la careta.

−*Play ball.*

Salazar saca una toallita percudida del bolsillo y se la pasa por la cara. Ahora el agarre de la pelota va a ser un problema" −piensa.

ABUELO

−No tienes idea de cómo admiro a tu abuelo.

−¿Y eso?

−Te habrás percatado que ya no hay muchas personas como él.

−Si te refieres al cariño y respeto que demuestra a la familia, sus amigos, los vecinos...

−A ustedes, a todos, me fijo cuando nos lleva a la universidad, es amable con los otros conductores. Las amigas sonríen.

−Hoy camino de la biblioteca se lo voy a decir −acota Doris y estira las piernas sobre el sofá donde está sentada.

Leyla la mira de pronto con el rostro serio.

−No se lo digas, es solo que me he fijado en lo educado que es, lo caballeroso, pero yo se lo puedo decir.

−Él siempre ha sido así, habla en voz baja, a veces cuesta trabajo escucharlo, está atento a cualquiera que necesite algo.

−Deben estar orgullosos de él −advierte Leyla.

−Lo estamos, sobre todo mi papá.

−Una se tropieza a tanta gente grosera en la calle, que no saluda, habla en mala forma, dice palabras obscenas en público, y los choferes siempre están apurados.

Doris se pone de pie, por unos segundos se mira en el espejo, después se vuelve a la amiga.

−En cualquier momento se aparece el abuelo, él es puntual, y a caballeroso no hay quien le gane.

−Yo sé, ¿viste que el otro día hizo limonada para las dos y después nos ayudó a bajarnos del carro?

Revisan sus carteras.

—Menos mal que pudimos terminar a tiempo el texto del seminario, si al profesor le da por hacer preguntas...

—Y no has visto la letra de mi abuelo, parece que se pasó años haciendo caligrafía —la interrumpe Doris sin poder disimular el orgullo.

—No, lo que sé es que es considerado, de buenos modales y siempre tiene limpia la ropa.

—Se pasa un buen rato puliendo los zapatos, además, escucha a todos, y sin conocer a la gente le pregunta cómo está, muchas gracias, por favor, hasta luego, y no deja que mi mamá ni yo carguemos el agua para el baño.

—Por eso te digo que ya no hay muchos así, se ve que tiene educación.

Suena el timbre, Doris se apresura, llega a la puerta y abre.

—Hola, abuelo, me alegro de que vinieras —expresa y lo abraza.

—Buenas tardes... yo les di mi palabra. ¿están listas?

Leyla camina a su encuentro y lo saluda, luego consulta el reloj.

—Estamos en tiempo José, precisamente hablábamos de usted y le queremos hacer una pregunta.

—No faltaba más.

—¿Dónde aprendió esas maneras, a ser tan amable y respetuoso?

—En casa, en mi época no había escuela.

18

AMIGOS:

Se escuchan palabrotas desde la habitación contigua.

—A él no le gusta atender ni platicar con visitantes cuando pierde... se pone furioso.

—Lo sé, sin embargo conmigo es diferente, tú sabes que lo conozco hace mucho tiempo.

El de seguridad mira a un lado y a otro.

—Haré una excepción, pero vas a entrar tú solo.

Toca a la puerta. No hay respuesta. Gira el picaporte.

Despeinado, sudoroso, el excampeón camina de un lado a otro, se agacha, toma una zapatilla y la tira contra la pared.

—Esto es una mierda, todos están contra mí —dice como si hablara consigo mismo.

—No es tan así —expresa el periodista.

El deportista se vuelve, le clava la mirada.

—¿Eres tú? ¿Viste como aplaudían al hijo de puta ese?

—Ponerte así no va a resolver nada.

Se quita la muñequera, la cinta que le sujeta el cabello, las tira al piso, las patea.

Le acerca una banqueta.

—Siéntate, para mí siempre vas a ser el campeón.

—No me adules ni me tengas lástima, no me gusta.

El reportero mira al techo.

—Siempre he sido sincero contigo, te digo lo que pienso, a mí no me pega eso de lisonjear ni halagar por gusto.

Apura un poco de agua con limón, hace un gesto de disgusto.

–Todo me sale mal, y lo peor es que defraudé a mi madre, le quería dedicar esta victoria –comenta con rabia– alcánzame un pedazo de hielo.

–No siempre se puede ganar.

Le da un golpe a la lámpara de pie colocada en una esquina del cuarto.

Hay un fuerte olor a sudor y linimento.

–Eres el único que ha estado conmigo siempre, los demás siento que me han utilizado... eso me duele, y ni hablar de los árbitros, serviles, arrastrados, le tienen miedo al público.

–Creo que debes descansar unas semanas y luego prepararte bien.

–Ahora le puse todas las ganas al entrenamiento –riposta– me preparé con seriedad, necesitaba ganar.

–No me jodas, la bailarina exótica esa te tiene amarrado.

–Ni la menciones, no quiero saber de ella –arguye– y se frota con fuerza el pómulo derecho con el trozo de hielo.

–Mañana es que eso se pone bonito, mejor ni salgas a la calle.

El peleador se encoge de hombros.

–He pasado tantas veces por esto, con un bistec crudo resuelvo.

–Te dejo, refresca –se pone la agenda bajo el brazo, camina hacia la puerta–, pero el amigo lo detiene.

–Dime, ¿cómo me viste esta noche?

–El jabao parecía un monstruo y tú un muchacho presto a hacerle los mandados... el tipo te mayoreó, creo que lo subestimaste.

Tiene los ojos llorosos, baja la vista.

–¿Me vas a hacer una entrevista?

–No, a quién le interesa un perdedor.

AUTORIDAD

Si usted no lee el periódico está desinformado;
si usted lee el periódico está mal informado.

Mark Twain

Abre la puerta de la oficina y lo invita a pasar.

–Qué bueno que no nos equivocamos ¿viste lo de Rosa?

–Sí –responde– me parece excelente, ella es un orgullo para esta comunidad.

–Pero cómo me iba a imaginar que tendría un lugar entre los 10 mejores científicos del país.

Él se cruza de brazos.

–A veces me da la impresión de que no me lees.

–Pues sí te leo –riposta la mujer–, sin embargo no creas que tengo mucho tiempo.

Se hace el desentendido. Se acerca a la mesa de la esquina.

–¿Cuándo pusiste aquí esta foto de tus hijos?

–Casi lleva un mes ahí donde la ves... ¿puedes servirme té?

–Es que casi nunca vengo a tu oficina.

–Yo sé... te crees la gran cosa, el periodista de primera que no tiene que venir a verme.

–No es eso, yo tampoco tengo mucho tiempo.

Ella se pone de pie, se para frente al reportero. Le dice en voz baja.

–Estoy invitada a la recepción que el presidente le va a ofrecer a los científicos más destacados, y quiero que le hagas una entrevista a Rosa.

Frunce el ceño.

–No hagas ese gesto que te avejentas.

—Es que a ella no le gustan las entrevistas –acota él– es difícil.

—Es una cabrona –dice y da unos pasos por la oficina–, para eso estás tú aquí... hazle una crónica, algo bonito para lucirme en la recepción.

—Le escribí una crónica hace poco.

—Entonces un reportaje...

Resopla, va a decir algo, pero la mujer lo interrumpe.

—¿Quieres que los otros periódicos se nos adelanten?

—No me gusta la competencia.

—Pero a los dueños de este periódico sí –insiste ella.

—Hemos escrito mucho de la científica, sus inventos, como saca las cuentas en su mente, tiene una oficina en la que cuesta dar un paso...

Camina hasta el escritorio, se sienta en el reclinable de piel. Lo mira fijamente.

—Tendré que encargarle la entrevista a Sergio.

—¿Te arriesgas, o será que quieres hacer mi trabajo?

—Después de tantos años aquí me cuesta mucho escribir, de lo contrario no te molestaba, pero bien sabes que esa chupamedias lo merece y hay que hacerlo.

—¿Hoy? ¿A pocas horas del cierre? No tenemos espacio.

—¿Te recuerdo quien es la jefa editorial de este periódico?

Él no dice nada. Se limita a meterse las manos en los bolsillos.

—Quiero una foto grande de Rosa en la portada, dos más adentro, en las primeras páginas, y me enseñas el texto antes de enviarlo a imprenta.

El periodista ensaya una mueca.

Romina se levanta, da la conversación por terminada.

—Usted siempre se sale con la suya, creo que hoy vamos a terminar de madrugada.

—Cuando quieres trabajas rápido, tú no me dejas otra opción.

Camina hasta la puerta, se vuelve.

–Deja ver qué puedo quitar para hacer espacio.

–Lo que sea, me gustaría ver a Rosa mañana en primera plana, bonita, aunque tengas que usar filtros, y por favor, vamos a descansar del tema del agua, los problemas del empleo.

–Así será.

–Eso también es válido para tus amigos poetas, déjalos refrescar.

Asiente.

–Dedícale más de media página a la científica –le dice– y sonríe.

AYUDA

Ring, ring, ring, ring

—Buenas tardes, —responde una voz de mujer— se ha comunicado usted con LISTO, la mejor compañía de autos y seguros de vivienda.

—Buenas.

—Esta llamada puede ser grabada y monitoreada con fines de calidad.

—Mire, yo...

—¿Tiene seguro con nosotros?

—Sí, llamaba para...

—Dígame su nombre.

Respira profundo.

—Juan Hernández.

—Por favor, si es tan amable me dice su fecha de nacimiento.

—12 de Diciembre de 1991.

—¿Y su número de teléfono?

—Señorita, yo lo que quiero es...

—Sin el número de teléfono se me dificulta encontrar su cuenta.

Está bien, es el 3593199

—Le falta el área.

—Es 702, la estoy llamando desde la ciudad de Las Vegas.

—Ahora sí, me puede dar su dirección particular.

—Vivo en el 13557 de la Avenida Luz.

—¿Y el código postal?

—89233

—Perfecto. ¿Tiene a mano el número de identificación del vehículo?

Se agarra la cabeza con ambas manos.

–No, estoy en el trabajo, distante del carro.

–Deje, voy a hacer un esfuerzo a ver si puedo acceder a su cuenta.

–Disculpe...

–Espere un minuto, tengo muchos clientes con el apellido Hernández.

Juan aprieta los puños.

–¿Por el covid se vio imposibilitado de hacer efectivas sus mensualidades?

–No.

–¿Estuvo involucrado en algún accidente?

–Nooo.

–¿Quiere hacer un reclamo?

–Nooooo.

–Estoy viendo aquí su cuenta, usted está al día con los pagos.

–Claro.

–¿Entonces para qué llama?

–Los contacté para ver lo del seguro de la casa.

BOLETO

Se sacude el sobretodo, tantea sus bolsillos y se aproxima al mostrador.

–Hola, necesito un boleto para Tunixtlán.

–No hay salidas hasta dentro de siete horas.

–¿Dijo siete horas?

–Sí señor –responde el empleado

El hombre alto, entrado en años, de barba tupida hace un gesto de contrariedad.

–Debo estar allá mañana bien temprano.

–Lo veo difícil, usted no tiene boleto, su opción es tratar de llegar por otra vía o apuntarse en la lista de espera.

–Nunca he tenido suerte con eso de la lista de espera.

El joven enfundado en una chaqueta blanca recién lavada se encoge de hombros.

–Mire –insiste– es que mañana se gradúa Teresita, es mi nieta preferida, y no todos los días se terminan los estudios en la universidad.

–Comprendo, pero ¿por qué no viajó antes?

–Me avisaron anoche, usted sabe, a veces los problemas, las preocupaciones, y se acordaron de avisarle tarde al abuelo.

Se aleja unos pasos del mostrador, abre los brazos.

–No puedo hacer nada... si quiere lo apunto, digo, por si hay algún fallo.

Resopla, se acaricia unos segundos la barba.

–Qué contrariedad.

El empleado se mueve a un lado para chequear el boleto de la mujer gorda que anda con un niño que no se cansa de gritar.

Regresa donde el viejo y le explica.

–Suponiendo que pueda irse va a llegar cansado, es un viaje molesto, varias horas, y no sé cómo se sentirá para la fiesta.

–No es una fiesta, es la graduación de mi nieta.

–Sí, ya sé, sin embargo algo deben hacer para comer, celebrar, vaya, pasarla bien.

Lo fulmina con la mirada y susurra

–Lampuzo.

–Usted disculpe, yo solo quería decir algo.

No responde.

–Vamos a hacer algo, lo apunto, se me sienta por aquí cerca, así lo veo a cada rato y si falla alguien lo tengo en cuenta.

Con el rostro serio le echa en cara.

–¿Te quieres buscar un dinero conmigo o pasarte de listo?

Se sonroja. Baja la voz y expresa:

–No he hablado de dinero, solo quiero ayudarlo para que llegue a tiempo al festejo.

–Que no es ningún festejo, cómo se lo voy a explicar.

–Perdone.

–De todas formas me quiere joder, dice que me siente y el vejigo ese gritando no hay quien lo soporte.

Es el joven quien respira profundo.

–Entonces, ¿qué va a hacer?

–Déjeme pensar... ¿no puedo estar parado aquí?

–En realidad si no tiene boleto no debe estar tanto tiempo en el mostrador, vienen otras personas.

–¿Quién dio esa orden? Qué mierda de país es este.

–Señor, por favor, nadie tiene la culpa de que no haya hecho la reservación.

Lo mira con un rostro inquisitivo.

–¿Llevas mucho tiempo en este trabajo?

Asiente.

–¿Cómo es posible? ¿Es difícil entender que me avisaron anoche?

El de la camisa blanca mira a un lado y a otro para cerciorarse que sus compañeros no escucharon al viejo.

–Estaré en el otro departamento por si se decide a viajar.

–Ya sabe que quiero viajar –dice sin poder ocultar la incomodidad–, mi nieta me espera. ¿Cree que puedo ir a la cafetería, pedir un sándwich y una cerveza?

–No, está prohibido –responde– solo le venden a quienes tienen ticket de viajero.

Abre los ojos y vocifera:

–Dios mío, ¿dónde estoy? ¿Cómo no se abre la tierra y me traga?

–Señor, no se ponga así, ya pasó casi una hora, yo le voy a resolver y verá que pronto va a estar con su nieta... cálmese, en mí tiene un amigo –expresa en tono conciliador.

–Qué amigo ni un carajo, lo que necesito es un boleto.

CAMBIO

Entra a la oficina y mira con curiosidad a las jóvenes, la más alta le indica:

–Siéntese aquí.

Aprieta contra su pecho el file lleno de papeles y obedece.

Ella acerca una silla al escritorio, aparta su celular y la lima de uñas, lo mira fijamente.

–¿Cuál es su nombre?

–Pasoalfrente Rodríguez, para servirle.

–¿Va a viajar?

–Hago los trámites –busca entre sus documentos– estoy invitado a un encuentro de teatro.

Lee el papel que él le muestra.

–Dice aquí que debe ir a Europa.

–Sí, espero que la obra que llevo guste, y si es posible presentarla en dos o tres países... me gustaría desde España ir a Italia e Inglaterra.

Ella aparta los ojos del papel que tiene enfrente, se vuelve a su compañera.

–Oye, quienes no tenemos dinero debemos apuntarnos en el teatro a ver si viajamos.

–No sé si el señor querrá llevarnos –responde la otra.

Las jóvenes ríen a carcajadas.

Pasoalfrente, con el rostro serio, apunta:

–El teatro es la mejor de las artes, y dos muchachas bonitas como ustedes seguro son bienvenidas, digo, si pueden decir los parlamentos sin equivocarse.

—Necesitamos que usted nos enseñe –dice la mujer que tiene delante.

—Soy bueno en eso de enseñar, además de la experiencia –les deja caer– yo aprendí con los mejores, he ganado muchos premios.

—Quiero que me explique algo, por qué desea ir a Inglaterra y al otro país –le interrogan– usted puede actuar aquí en varias salas, hasta en la calle.

—Italia –responde– pretendo ir a Italia e Inglaterra, porque también tienen tradición de teatro y yo domino el idioma... estoy emocionado con lo del viaje.

Ella vuelve a los papeles.

—¿Usted tiene familia?

—No, voy a viajar solo.

—Tiene que llenar esta forma dando su consentimiento sobre la casa y alguna otra propiedad.

—¿Consentimiento?

—Sí, en caso de que le guste y se quede por allá, decida no regresar, el gobierno se apropia de todo.

—¿Eso es nuevo? –insiste preocupado–, ¿y si quiero contratar a un abogado para que venda y me haga llegar el dinero?

—No, de ninguna manera, se han dado muchos casos de robos, estafas, aparecen personas con documentos falsos.

El dramaturgo se muestra contrariado.

—¿Puedo hace dejación de mi casa, mis propiedades a un amigo, tengo una medio hermana en Buenaventura?

—No señor, la ley no contempla eso de amigos, parientes lejanos, si fuera así sería un desastre... todos quieren hacer lo que les da la gana.

—No lo dirá por mí, yo ni siquiera he viajado.

—Bueno, no se sienta aludido, pero es que siempre aparece un inventor, alguien que quiere aprovecharse, hacer las leyes a su manera, aparecen primos, padrinos, ahijados.

—¿Qué debo hacer?

—Es sencillo, si quiere ir a esos países, llevar su obra, que lo conozcan, firme, haga dejación de lo suyo, y si regresa se le devuelve.

—¿Por qué el gobierno quiere quedarse con lo mío, después que lo he adquirido con tantos años de trabajo? Solo yo sé lo que he gastado.

—El gobierno no quiere nada señor, es solo poner un poco de orden, se imagina como sería esto si la gente no respetara las leyes, se fuera de viaje y le dejara la casa a cualquiera, no es una manera correcta de proceder.

—En mi caso no tengo familia, sin embargo tengo buenos amigos, vecinos, y esa medio hermana.

—Pues le repito que ninguno de ellos está facultado para quedarse, ni siquiera aunque usted firme un papel ante un abogado o un notario.

—Usted me lo dice como si fuera una condición, algo obligatorio, me suena a eso de ordeno y mando.

—Y lo es, en caso de que no firme, se ve imposibilitado de viajar, tenga en cuenta que si está allá no necesita una casa aquí, es algo práctico.

—Qué práctico ni la pata del buey, no me venga con eso.

—¿Va a firmar?

—No voy a firmar nada, deme mis papeles —rezonga y se pone de pie.

—Mire, es que para nosotros sería un orgullo, una muestra de nuestra cultura.

—¿Qué me importa a mí? Quien quiera ver mi obra que venga aquí.

−¿Por qué quieres tumbarme la puerta?

Despeinado, con el rostro serio, Adrián abre y se da cara a cara con la amiga.

−Pero ¿qué te pasó?

Lo abraza, llora.

−No quiero imaginarme que ese hombre volvió a pegarte.

Ada asiente entre sollozos.

La toma de la mano y la lleva hasta la silla más próxima.

−Siéntate −dice− te voy a hacer un té.

−No quiero nada.

−Bueno, pero tranquilízate −insiste él.

Solo se escucha el lloriqueo de la mujer.

−Mírate esa cara, y los brazos llenos de hematomas... espero que ahora vayas a la Policía.

Ella niega con la cabeza.

−No puedo denunciar al padre de mis hijas.

−Por eso te pasan estas cosas, te lo dije la otra vez, le tienes miedo y él se te ha encaramado, ya te tiene dominada.

Ada se lleva la mano a la cabeza.

−Me duele mucho.

−¿También te pegó en la cabeza? El cabrón se cree el machote, y tú tan cobarde.

−Menos mal que las niñas estaban con su abuela.

−¿Hasta cuándo vas a aguantar golpes por las muchachitas? Desengáñate, ese hombre no te quiere. −la interrumpe.

Otra vez el silencio.

Ada, a modo de justificación, comenta:

—Es que cuando toma se pone como una fiera, no se le puede ni hablar.

—Entonces si se pone a tomar alcohol con sus amigos no le dirijas la palabra.

—Primero se disgustó porque mi mamá se llevó a las niñas, después me tiró sobre la cama y se me echó encima, pero pude zafarme, corrí y me encerré en el baño.

—Dime tú, tan baboso... él dice por ahí que soy gay, pero el día que me lo diga en mi cara nos fajamos.

La mujer no lo escucha.

—Quiero lavarme la cara —dice y camina hasta la cocina.

—Estaba seguro —comenta Adrián— que en cualquier momento ese energúmeno te iba a volver a pegar.

—No puedo ir a trabajar el lunes con estos brazos llenos de marcas, todavía alrededor de los ojos me pongo maquillaje y disimulo algo.

—Por eso no te preocupes, —advierte él— nos tomamos el té y salimos a buscar hojas de caléndula, te das un buen baño y pal carajo todas esas marcas, pero yo siendo tú ya estuviera en la Policía, pa" que veas como se le acaba la guapería al animal de tu marido.

—Te dije que no quiero té, mejor vamos a buscar las hojas esas.

El hombre entrega a su amiga unas gafas de sol. Caminan rumbo al lago.

—Esto antes estaba lleno de caléndula, pero la gente acaba con todo.

—Que mala suerte la mía —dice en voz baja— y esta oreja me "suena" como si tuviera algo dentro.

Adrián se adelanta. Mira a un lado y a otro.

—No queda ni una planta, como si hubiera pasado un ciclón.

—Bueno, mejor me paso el fin de semana con mi mamá, a ver si se "apagan" un poco estas marcas.

—Te acompaño –acota él– te llevo la cartera, y fíjate, si necesitas algo me avisas.

—Mira –prosigue él– voy a arrancar estas ramas y flores de clavellina para que te bañes con ellas, después te llevo una pomada de árnica.

—¿Y esa clavellina sirve?

—Después de la caléndula eso es lo mejor, ponla en una vasija grande, déjala hervir bastante y te das dos o tres baños al día, no escatimes, échate mucha agua encima, que te corra por todo el cuerpo... ahora voy a ver a mi padrino, paso a comprar unas cosas que necesito y más tarde voy a ver cómo sigues.

Se separan. Adrián se detiene.

—Oye, me llamas, que te conozco.

Hace sus diligencias, incluso almuerza con el padrino y vuelve a casa. El teléfono suena con insistencia.

—Hola. ¿Quién habla?

—Soy Ángela, la mamá de Ada, ¿puedes venir y quedarte con las niñas? Me la llevo para el hospital.

—¿Por qué? ¿Qué pasó?

—No sé, ella se ha bañado dos veces, y ahora tiene una picazón terrible por todo el cuerpo.

—Pero ¿dejó que las hojas hirvieran bastante?

—No sé... te dejo que la escucho quejándose.

DEFENSA

—¿Creías que no nos íbamos a ver más? —Lo interpela Miguel.

Hace gala de sangre fría y responde:

—A ratos, sé que la vida en prisión es difícil.

—¿Qué vas a saber tú?

Los dos hombres se miran, Ángel disimula lo sorpresivo del encuentro. Su interlocutor se muestra desafiante.

—Si es por ti y mi familia me puedo podrir en la cárcel.

—Nuestra relación terminó hace mucho.

—¿Terminó dices?

—Hice todo lo que pude por ayudarte, eché mano a algunos atenuantes, pero...

—No me jodas con eso Ángel, han pasado muchos años, pero tu imagen como un pelele, un novato incapaz de defender a alguien no se me quita de la mente.

El abogado comienza a recoger unos papeles. El otro apenas lo deja respirar.

—¿Quieres que entienda que me defendiste?

—Tengo una ética Miguel, es bueno que lo recuerdes.

—No me jodas, prácticamente enfrenté solo la avalancha de cargos que me cayó encima.

—Todos quedaron conformes con tu condena, si te parecían exagerados 40 años o que se ensañaron contigo podías haberme pedido que apelara.

—Cuando se acabó aquella payasada lo último que deseaba era volver a verte, pedirte que siguieras con el caso... he tenido tiempo para pensar y llego a la conclusión de que fuiste un tipo blandito, poco profesional.

–No voy a discutir eso contigo Miguel, mejor piensa en respetar las reglas y condiciones de la libertad condicional.

Rojo de la ira el visitante riposta:

–No te atrevas a aconsejarme, yo sé bien lo que tengo que hacer.

–Entonces, no quiero ser grosero, pero ahí está la puerta.

Observa detenidamente las paredes, el amplio escritorio, pasa la mano por el sillón más cercano.

–Mira que linda oficina tienes, eso es lo que hacen todos ustedes, enriquecerse a costa de quienes han resbalado y están en el piso... no sabes cómo me alegra que nunca hayas podido pasar de ser un abogado público mierdero.

–No eres nadie para juzgar mi trabajo.

–¿Tu trabajo? ¿Llamas a lo que haces trabajo?

¿Sabes a cuántos reclusos conozco que defendiste y le tocaron años y más años?

Echa un vistazo al reloj de pulsera.

–Estoy apurado, sales o necesito llamar a alguien para que te saque.

Miguel se abalanza sobre él, lo toma por las solapas del traje.

–Tú no tienes valor para eso, ya una vez jugaste conmigo, no te la voy a dejar pasar.

Consigue zafarse. Retrocede unos pasos.

–Te estás complicando, parece que en 23 años no aprendiste nada y quieres pasar el resto de la sentencia allá dentro.

Hace una mueca.

–Yo estoy cumplido pendejo, me da lo mismo cualquier cosa.

–Así ha sido siempre, eres el mismo...

–¿Qué mismo de qué carajo? Eres un abogado de pacotilla, has jugado con la vida de mucha gente, aparentando ser servicial, profesional. No sirves.

–Tengo otros compromisos que atender.

—¿Encontraste a otros ilusos para engordar tus bolsillos?

Da unos pasos hacia la puerta.

—No he terminado contigo.

—Pero no dispongo de tiempo y ya no quiero escucharte.

—Aquí no se trata de lo que quieres, vengo a cobrarte una deuda.

¿Deuda? Pregunta Ángel sorprendido.

No hay respuesta y se envalentona.

—Cuando tu exmujer me contrató tenías muchas cosas en contra, no tenías permiso para portar arma, le disparaste a un policía, causaste un desastre en aquel restaurante, en tu huida secuestraste a un niño... ¿sigo? Y vienes a hablar de deuda, yo hice por ti más que lo que cualquiera hubiera hecho.

Miguel se lleva la mano hasta el bolsillo derecho del pantalón.

—Lo siento mucho por quienes te esperan.

—¿Qué quieres decir?

—Eso, que ya no vas a poder defenderlos.

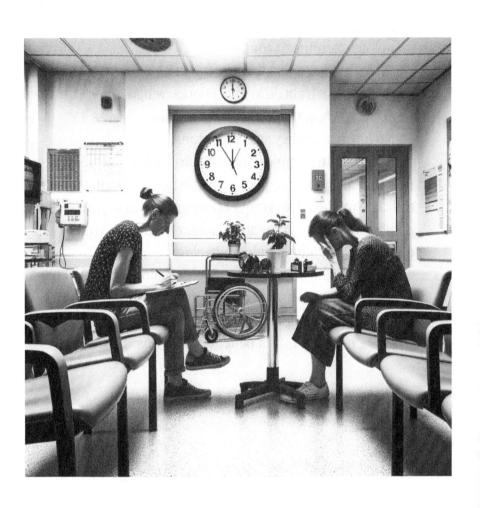

DISPUTA

Apenas intercambian palabras. Miran al piso, las paredes. Las carcome el nerviosismo, una y otra vez se vuelven al pasillo por donde debe aparecer alguien con información. La espera es terrible.

Rosa acaricia la cartera marrón sobre su regazo.

–Dios tiene que hacer un milagro –le comenta a la mujer que tiene al lado– Carlos no puede irse.

–Tantas veces que ha tomado por esa carretera... tal vez no vio la señal en el puente viejo –susurra la gorda de cabello corto–, todavía no me lo creo.

–Eso no le interesa a nadie ahora –advierte Rosa– lo que hace falta es que salga bien.

La gorda se pone de pie.

–Voy al baño –dice–, regreso enseguida.

–¿Otra vez? –pregunta la amiga.

–Son los nervios... tú me conoces.

Al imperturbable andar de las agujas del reloj se une el taconear de la mujer que se aleja.

–Ya son más de seis horas en el salón de operaciones, pobre Carlitos –dice para sí mientras se estruja las manos– y pobre yo que estoy en esta zozobra... por favor, Diosito permite que salga bien y no le queden secuelas, no me veo empujando una silla de ruedas, yo no sirvo para eso.

Escucha pasos, dos mujeres llegan cerca de donde está ella.

–Espere aquí, cuando los médicos terminan pasan por este pasillo y seguro le dicen de su familiar o usted le pregunta –explica a su acompañante la responsable de limpieza y se va.

43

La recién llegada, con un overol azul, se sienta al lado de la mesa llena de revistas.

Regresa la gorda y pregunta a su amiga

−¿Se ha sabido algo?

−No.

−Mira que esto se demora, y hay un mal olor en ese baño, para colmo se terminó el papel, menos mal que yo siempre ando...

Repara en la mujer recién llegada.

−Rosa ¿tú sabes quién es esta, verdad?

−No, ¿quién es?

−La amante de Carlos, qué cínica.

−¿Estás segura?

−Claro, si los he visto juntos.

Rosa se aproxima.

−Chica, eres una desvergonzada, que desfachatez.

La mujer se pone de pie, hace ademán de buscar otro asiento.

−No quiero problemas.

−Qué bien, no quieres problemas y andas con hombre ajeno.

−Cuando él se ponga bien ustedes arreglan esto −riposta la del overol azul.

−Me vas a decir lo que tengo que hacer, mejor lo resolvemos tú y yo, descarada.

−Yo no tengo la culpa, él me dijo...

−No importa lo que él haya dicho, eres una sinvergüenza.

−Me está ofendiendo.

−Tú eres una ofensa, con tantos hombres y prefieres uno casado.

−Preocúpese por darle lo que él necesita para que no tenga que buscarlo en la calle.

La gorda sujeta a su amiga por un brazo.

Rosa se zafa violentamente.

–Tú eres otra que bien baila, ¿desde cuándo sabías que Carlos me era infiel?

–Yo no quería...

–¿A quién le importa lo que querías tú?

El doctor Hernández llega hasta la salita de espera.

–Por favor, hagan silencio, este es un hospital, hay pacientes que necesitan descansar. Ustedes son adultas, espero sepan comprender y portarse a la altura de las circunstancias. Cualquier problema lo resuelven fuera de aquí.

Por unos instantes se escucha solo el reloj.

El cirujano las mira.

–¿Quién es el familiar de Carlos?

–Yo –se adelanta Rosa.

–Soy yo doctor –responde en voz baja la otra.

Va a decir algo, pero el asombro se apodera de él.

Las dos mujeres se tiran del cabello.

DUELO

Es difícil ser hombre

Ernest Hemingway

Quita la vista del tablero de ajedrez, le llama la atención la luz verde del intercomunicador. De inmediato se deja escuchar la voz de su asistente.

–Coronel, aquí está la capitana Hernández, insiste en que necesita verlo.

–¿Sin contactarme antes? –responde en tono incrédulo– qué desea.

–Dice que se trata de una entrevista, y que debieron comunicarle desde la jefatura.

El hombre resopla, frunce el ceño,

–Espera unos minutos y luego la dejas pasar.

El silencio entre las dos mujeres casi se puede tocar con las manos. La espera parece interminable.

Es la asistente quien señala:

–Antes de entrar debe firmar en este libro, poner su grado militar y el cargo.

–Gracias –responde la visitante– conozco el procedimiento.

Por fin está frente al alto oficial. Se cuadra. Él ignora su saludo y la interpela.

–¿Por qué viene sin avisar? No sé nada de esa entrevista.

Ella le responde con una pregunta.

–¿Puedo sentarme?

Se encoge de hombros.

–Prefiero me diga en qué anda, qué puedo hacer por usted.

47

−Le adelanto que no hay tal entrevista −apunta− solo le traigo esta carta, debe firmarla, es su renuncia.

−¿Qué?

−Debe estar impuesto de esta situación, la jefatura es consecuente, no quiere que se vaya por la puerta de atrás.

−Qué puerta ni que ocho cuartos −vocifera− se han vuelto locos, primero violan la cadena de mando al enviarla a usted que no tiene historia, no es una oficial de alta graduación, no comunican nada sobre su visita, y además la estupidez de la renuncia.

La mujer lo mira a la cara.

−No soy una militar de tan alta jerarquía, sin embargo por mi cargo estoy al tanto de sus "hazañas", por eso soy portadora de la solitud de renuncia, entendemos que es lo mejor.

−¿Quién se cree que es para hablarme así?

−Tenemos información de que ha recibido dinero de algunos subordinados para que les proponga ascensos.

−Mentira −truena− no pueden llevarse por rumores, he dedicado más de 40 años, mi vida entera al ejército.

−Por eso...

−Por eso qué, ya no les soy útil −chilla− quieren propinarme una patada en el fondillo, no lo voy a permitir.

Da varios pasos por la amplia oficina, se detiene frente a un mapa. Respira profundo.

−¿Sabe en cuántos de estos países cumplí misiones, en cuáles me tocó hacer el trabajo sucio?

−Créame que valoramos su entrega.

−Ya lo veo −sostiene en mala forma y con una mirada que quiere acabar con lo que encuentre a su paso− por mi carrera me alejé de mis padres, perdí a mi esposa, no vi a mis hijos crecer, y ahora se aparecen con esto, siento que me han utilizado, cuando te quieren hacer polvo no escatiman, son injustos hasta la pared de enfrente.

–Eso no es lo único, debe saberlo.

–Pero ¿hay más? Hasta dónde carajo piensan llegar con sus calumnias y mentiras –riposta y da un puñetazo sobre el escritorio– no se detienen a la hora de destruir a un hombre.

La mujer no se inmuta.

–Tenemos información de su rejuego con las drogas, y aquel episodio penoso con las jóvenes.

El hombre se acerca a ella, se inclina, sus rostros están a pocos centímetros.

–Ni una infamia más –grita entre dientes, con los ojos llenos de ira– quieren llenar de lodo mi nombre, mi carrera, sin reparar en nada, y usted forma parte de esa porquería.

–Le sugiero que firme la renuncia y reconozca todo.

–Eso es lo que desean –afirma furioso–, no saben con quien se meten.

Da un manotazo a las piezas de ajedrez, lleno de indignación, advierte.

–No reconoceré nada hasta que venga mi abogado.

–Es lo mejor –asevera la capitana y se pone de pie–, sin embargo quiero que tenga algo bien claro, perdió a sus padres, a su esposa, no disfrutó los mejores años de sus hijos... si me dice otra mentira va a perder los huevos.

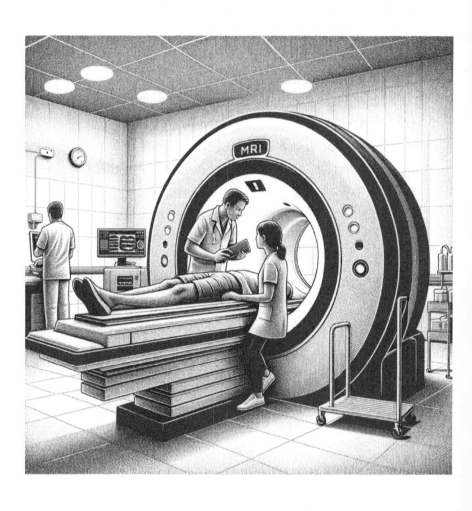

Le muestra el papel.

Ella lo lee con rapidez.

–¿A usted lo refiere el Grupo de Rehabilitación?

–Sí.

–¿Dónde tiene la lesión?

–En la muñeca derecha... ahí lo dice –responde él.

La mujer vuelve a leer, se acerca a un estante y toma un file, garabatea algo.

–Vamos a hacerle un emaray... ¿viene preparado?

–Bueno, no sé lo que es, pero sí –responde con nerviosismo.

–¿Padece de claustrofobia?

–No.

–¿Tiene usted tatuajes?

–No.

–Está bien, yo soy la asistente, acompáñeme.

–¿Mi esposa puede ir conmigo?

–No, debe esperarlo.

Avanzan por un pasillo ancho, con puertas a ambos lados.

–Aquí está el baño –dice ella, y da a sus palabras un tono profesoral–; le haré una prueba de resonancia magnética, puede demorar entre 20 minutos y una hora, depende de usted.

–¿Qué debo hacer?

–Por el momento ponga en esta gaveta el reloj, sus llaves... no puede entrar con objetos metálicos.

Él se apresura a obedecer.

–Si desea ir al baño aproveche, pronto vengo a buscarlo.

Se queda solo. Ojalá esto pase rápido –piensa–. Vacía sus bolsillos. Lo observa todo.

La voz de la mujer lo interrumpe.

−¿Listo?

Asiente.

−Venga.

Entran a un salón, el silencio se puede tocar con las manos.

−Este es el equipo −explica− debe acostarse bocabajo, con la mano derecha colocada de esta manera (le muestra), y permanecer inmóvil.

−¿Ya puedo acostarme?

−Antes debo decirle que durante el tiempo que esté acostado va a escuchar mucho ruido, pero no se preocupe, le voy a dar protectores, si necesita algo, tiene alguna urgencia, apriete este botón, yo estaré detrás de aquel cristal.

Se acuesta, su mano derecha queda expuesta.

−Recuerde −le advierte− no se mueva o demoramos más; lo voy a estar viendo.

Él se acomoda. Ella aprieta un botón. Introduce al paciente bajo la bóveda. Se retira.

Transcurren breves segundos.

−Comenzamos −le avisa.

Otra vez el silencio.

Luego se escucha un ruido como algo grande que se desarma.

Tracatracatracatracatracatracatracatracatracatraca

Es como una lavadora gigante −se dice él mismo, menos mal que me dio estos protectores.

Sigue el estrépito.

−Señor, voy a detener el equipo cada 10 o 15 minutos −escucha a la asistente− recuerde, no se mueva, mejor cierre los ojos.

Gracias a Dios, que el tiempo no se detiene −piensa.

−Reanudamos.

Tracatracatracatracatracatracatracatracatracatraca

Si fuera una lavadora ya se hubiera desbaratado... que bien me vendría una música instrumental –considera–, algo en lo que pudiera poner mi atención.

Es insoportable la estridencia.

–No se mueva –insiste ella.

¿Cómo pueden indicarle esta prueba a un ser humano? Piensa. ¿No se le ha ocurrido a alguien ponerle un silenciador a esta máquina?

¿Cuánto tiempo habrá pasado? Es desesperante –se dice y cierra los ojos.

–Si se mueve nos tardamos más.

Tracatracatracatracatracatracatracatracatracatraca

Siente una especie de hormigueo en las manos.

–Esté tranquilo señor, falta poco.

El aparato echa a andar.

–Controle su respiración, es importante que no se mueva... ¿está nervioso?

El silencio es la respuesta, pero otra vez el ruido que lo exaspera. Siente que le falta el aire.

Tengo que estirar las piernas, se me van a acalambrar.

–Señor no puede moverse, ya hubiéramos terminado, recuerde lo que le dije.

Otra vez el ruido infernal.

Respira profundo.

Silencio. La puerta se abre. La mujer entra como una tromba.

–¿Qué le pasa?

No dice nada.

–Usted es una persona inquieta, nerviosa.

–¿Terminamos?

Eso lo decidirá el médico... si él no puede ver bien la prueba, si considera que no está clara, se la voy a tener que repetir.

Espera

Román entrecierra los ojos, está cansado, pero no puede dejar que el sueño lo venza. Vuelve a mirar su reloj. Cree que el Pecoso demora demasiado. No quiere ni moverse.

Por fin siente al amigo que se arrastra casi junto a él.

—Pensé que no ibas a llegar nunca —susurra.

No responde, se limita a mostrarle las manos.

—Yo también las tengo despellejadas... agáchate, pégate a la tierra, tenemos que llegar a aquella cerca.

Llevan dos días internados en el bosque, escondidos la mayor parte del tiempo.

Sudan, sienten las camisas pegadas a la espalda.

—¿Cuánto tiempo vamos a estar aquí?

El Pecoso, delgado, pequeño, no puede disimular el nerviosismo.

—No te desesperes —advierte Román— el jeep que hace el recorrido no ha pasado.

—¿Tardará mucho?

—Dicen que 20 minutos.

¿Vamos a correr cuando lo veamos?

—Sí, respira profundo y trata de recuperarte —le sugiere.

—Solo me voy a sentir bien cuando llegue.

Transcurren unos segundos que parecen infinitos.

—No sé cómo pude seguirte en esto, es mucho el riesgo —insiste el de las pecas.

—No jodas más con eso...

—Tú porque no tienes ni familia.

—Cállate.

Román retrocede pegado a la tierra, sin dejar de mirar a la garita que tienen a la izquierda.

—Creo que nos vieron.

—¿Quién? ¿Dónde?

Se parapeta tras un árbol y le hace señas.

El silencio lo interrumpe algún que otro pájaro, y a veces el viento que mueve la copa de los pinos.

—Quiero regresar —dice el pequeño.

—Ni lo pienses, ya estamos cerca, solo debemos esperar unos minutos.

—Pero... ¿y si nos sorprenden?

El Pecoso no sabe qué hacer

—Ves en la garita, parecen dos rifles que nos apuntan.

—Te lo dije, mejor regresamos, podemos volver otro día.

—Llegamos aquí y no hay marcha atrás, pero vamos a hacer las cosas bien.

—¿Crees que nos disparen?

—No, ya lo hubieran hecho.

—¿Entonces?

—Los rifles no se han movido.

—Vamos a estar atentos por si sentimos el ruido del jeep.

—Anjá.

—Mira a la garita por si acaso...

Están tras el árbol, agazapados.

El Pecoso comienza a llorar.

—Oye, ¿qué pasa? Todo va a salir bien.

—No me despedí de mamá.

—Ahora no pienses en eso, en cuanto estemos de aquel lado la llamamos, verás que se va a poner contenta, pero tenemos que mantenernos juntos.

Se controla.

–¿Tú crees que nos reciban bien?

–Claro, son gente cariñosa, tú llegas y te regalan ropa, comida.

–Yo lo que quiero comerme es una hamburguesa, de las grandes.

Román sonríe. Con cuidado pasa el brazo por encima de los hombros de su amigo.

–Acuérdate, nosotros somos como hermanos.

Avanzan arrastrándose.

–Creo que lo de la garita son dos palos, quizás los pusieron ahí para asustar a la gente –comenta el más alto.

–Ojalá –dice el Pecoso. Aquí, escondidos tras la yerba estamos bien.

–Menos mal que trajimos pantalones de camuflaje... recuerda, haces lo que yo te diga.

Un vehículo se aproxima.

–Debe ser el jeep, cuando esté en la curva hacemos señas y partimos pa´rriba de él.

Están nerviosos, expectantes. Ven entre los árboles el carro.

El líder se pone de pie y grita

–Ahora.

Suena un disparo. Román da un salto, cae de bruces, se desangra.

El Pecoso agita las manos y corre loma abajo.

Coloca la jarra de cristal junto a los platos y vasos. "Está pesada la caja", piensa. Entonces lo ve.

–Hola, Pablo –dice el recién llegado.

–¿Qué tal –responde y se seca el sudor.

–¿Esto es hierro?

Mira unos segundos el pedazo de metal que el hombre tiene en la mano derecha.

–No sé.

–Tú eres mecánico.

–Sí, pero no sé si eso es hierro.

–¿Crees que el tipo que compra cosas como esta lo quiera?

Pablo no responde. Se pone de pie y acerca la mesa de madera a la caja llena de vajilla.

–Consígueme una botella de agua, vengo de lejos.

–Arturo... ahora mismo no puedo.

Se quita los espejuelos, limpia los cristales con su vieja camisa.

–El agua no se le niega a nadie, le puedes decir a tu esposa que me la traiga.

Mueve la cabeza de un lado a otro.

–Allí –apunta al poste junto a la cerca de malla perle– había esta mañana una montaña de arena y la entré a la casa cubo a cubo, después cargué un montón de piedras...

–¿Eso que tiene que ver con darle agua a un amigo?

–Que no es lo único que he hecho hoy, además abrí un hueco donde prepararé un horno, como puedes ver organicé el garaje porque no se podía caminar, estoy cansado ¿se nota?

Arturo se rasca la pantorrilla izquierda.

–¿Si te regalo esto y se lo vendes al metalero me traes el agua?

Le da una patada a la piedra que tiene delante.

−No.

−¿Por qué? Lo vendes y ni siquiera me tienes que dar parte del dinero.

Lo mira. Quiere agarrarlo por los pies y hacer un nudo.

−Te digo que estoy muerto de cansancio, eso que traes no lo quiero, ni para venderlo, acariciarlo, ni para nada, llévatelo.

−Disculpa, pensé que te podía ser útil −dice en voz baja.

−No.

−Pero, necesito tomar agua.

Resopla.

−Ve a la tienda, allí hay agua, y un baño, por si acaso.

−Oye ¿sabes si Toño va a cantar pronto en Las Vegas?

−No sé, a mí no me gusta su música.

−Él tiene canciones bonitas.

Recuesta la pala de la cerca. "Todavía tengo que recoger la mierda de los perros", piensa

−¿Y esta gente no piensa bajarle el precio a la gasolina?

−Me da lo mismo Arturo, mi camioneta es de petróleo.

−Carajo, no te importan los problemas de los demás.

Hace una mueca.

−¿Desde cuándo el metalero no viene por aquí?

−Sabe Dios, yo me paso el día en el trabajo, y mi mujer no está atenta a eso.

Le pasa la mano al pedazo de metal para quitarle el polvo.

−Voy a botar esta porquería.

−Me parece lo mejor −responde.

Hace un esfuerzo, carga la caja y la coloca sobre la mesa.

−El cristal pesa muchísimo −advierte el visitante.

Asiente.

−Veo que estás ocupado, voy hasta la esquina y regreso enseguida.

LECCIÓN

También la moral es un asunto de tiempo.
Gabriel García Márquez

–Sabía que ibas a venir.

–Tú me conoces bien... dile a tu hijo que salga.

El hombre de más edad se acaricia el cabello blanco y expresa:

–Él va a salir, pero antes tú y yo tenemos que conversar.

Enfundado en un *jean* desteñido, roto a la altura de las rodillas, con voz descompuesta riposta:

–No, le doy una lección, y después lo que quieras.

–¿Tú le vas a dar una lección?

–Él tiene que aprender que a las mujeres no se les pega, además, es mi hermana, carajo.

El canoso asiente.

–Nosotros, tú y yo, entendemos eso, pero Raúl, piensa... él no tiene ni 20 años.

–Se lo debías haber explicado antes, ahora quiero que salga – insiste el recién llegado.

Los dos hombres se miran en silencio. Los rostros serios, contrariados. Adrián se recuesta a la puerta de su casa, los brazos cruzados sobre el pecho.

–No puedo dejar que salga, te aseguro que está arrepentido.

–¿Arrepentido? –pregunta– eso no le quita los dolores ni la hinchazón a Lourdes... tiene los ojos morados y los labios partidos.

–Fue un problema entre ellos –argumenta el mayor– se dijeron cosas que no debían.

–No me des explicaciones, no entiendo, quiero verlo ahora –dice el joven, da dos o tres pasos hacia su interlocutor.

—Espera —dice el hombre y se pone a la defensiva— nos conocemos hace tiempo, te puedes buscar un problema y seguro no quieres regresar allá donde estabas.

Raúl se detiene, mide al hombre que tiene enfrente con la mirada.

—Tú me conoces bien, no tengo miedo... al que me falte le sobro, bien sabes que yo no canto pero hago coro —vocifera— y no vine hasta aquí por gusto.

—Fui por muchos años amigo de tu papá, mi hijo tampoco tiene miedo, él quiere salir, pero vamos a conversar, es solo un momento.

Resopla, mueve la cabeza de un lado a otro.

—Es verdad que los problemas me buscan —dice como si hablara consigo mismo— a ver ¿qué me quieres decir?

—Mira...

—Mira nada, dime lo que sea, rápido.

Adrián se ajusta los lentes.

—Tus padres sufrieron mucho cuando te mandaron a aquel lugar tan feo, y créeme, también yo lo sentí.

—No hables tanto, lo que quiero es ver a tu hijo.

—Él pudiera ser como tu hermano menor, y tu padre estaría tan orgulloso —lo mira a los ojos— ojalá ustedes dos estudiaran, o se pusieran de lleno para el trabajo, no se buscaran problemas.

—¿Orgulloso?

Con un movimiento rápido Raúl abraza al hombre contra sí, saca del bolsillo un desarmador y se lo clava en el cuello.

—Dile eso a tu hijo... mi hermana está embarazada.

METICHE

Vuelve a mirar el reloj, aún no lo llaman. Comienza a releer el artículo sobre la Torre Eiffel cuando escucha a la joven que tiene enfrente.

–¿Espera a su hija?

–No, soy yo quien busca consejos matrimoniales.

La rubia abre los ojos.

–¿Usted?

–Sí –responde con el rostro serio.

–¿Se va a casar?

–Aún estoy a tiempo –acota.

–Pero ¿qué edad tiene?

–Voy camino de los 65 –expresa– y me siento fuerte.

La muchacha se alisa el cabello y cruza las piernas.

–No lo tome a mal, soy muy conversadora, y en medio de este silencio me aburro.

Él asiente.

–¿Y su novia?

–Se llama Jocelyn... está bien.

–¿Cuántos años tiene ella?

–Hace poco cumplió 32 –apunta de mala gana.

–Le lleva más de 30 años, entonces usted es rico.

Lo niega vigorosamente con la cabeza.

–Solo tengo algunos ahorros.

La puerta se abre y aparece la asistente.

–El asesor va a demorar unos minutos –explica– sabe que están aquí y me envía a ofrecerles disculpas... ¿si quieren agua?

–Muchas gracias –coinciden.

El hombre retoma la lectura.

—Disculpe, ¿a su novia le gusta viajar?

Levanta la vista.

—Creo que le gusta más estar en casa —apunta.

—¿Es de las que prefiere las carteras, los zapatos?

Él se encoge de hombros.

—A mí me parece que usted no conoce los gustos de la mujer con quien se va a casar.

Hace una mueca que pretende ser una sonrisa.

—No se ría —insiste ella— ya verá que el médico se lo va a decir, es mejor conocerse bien... yo me he divorciado tres veces.

—La felicito, es mejor cortar por lo sano.

—No sé qué quiere decir con eso de cortar, pero dígame la verdad... ¿Ella está con usted por esos ahorros?

—Más bien diría que por mi apodo.

—¿Su apodo?

—Sí —subraya— las amigas de ella le comentaron que me dicen cojín.

—¿Cojín?

—Sí, es algo parecido a la almohada, pero más pequeño.

—¿Y por qué le dicen así?

—Porque soy bueno en la cama.

MÚSICA

Se pone los espejuelos. Observa la lista de los grupos musicales a escuchar, se inclina sobre la botonera.

Escucha la voz del visitante. Se saludan.

–Soy Alberto, vengo desde la capital.

–Qué bueno que está por acá.

El visitante abre el portafolios, saca su tableta.

–¿Usted es el responsable de poner la música?

–Sí, desde hace casi 15 años.

–¿De lo que la gente oye en su casa, en el trabajo, el carro?

–Correcto –responde, y se arregla el cuello de la camisa.

El hombre observa al otro lado, el sillón giratorio, el micrófono, un montón de papeles desordenados.

–Soy inspector –dice– me gustaría ver la propuesta de ritmos, solistas y agrupaciones que tiene prevista para los programas de hoy.

El operador de audio le extiende la lista.

Lee detenidamente, se quita la gorra y se rasca la cabeza.

–Llevas mucho tiempo en la radio.

–Así es, me encanta lo que hago.

–¿De paso influyes en el gusto musical del oyente?

Lo mira de arriba abajo.

–¿Puede devolverme el papel?

Carraspea.

–No es tan así, ofrecemos temas variados, vaya, lo que el público nos pide, tratamos de balancear lo que sale al aire.

–Me alegra escuchar eso, creí que ponías más a los artistas de tu predilección.

65

–No, no –se defiende– nosotros en la estación tratamos de educar a la gente, brindamos un producto balanceado, vaya, tenemos en cuenta la espiritualidad.

–Entonces ¿incluyen ópera, algún que otro número clásico, *jazz*, instrumentales...?

–Claro –asiente– ponemos mucho empeño en el equilibrio de los géneros.

–Los felicito –expresa–, quiere decir que no descuidan poner salsa, merengue, *bossa nova*, pop, mariachi, música tradicional...

El operador de audio sonríe.

–Por supuesto, eso para nosotros constituye una regla a seguir, además, disponemos de una oficina, la gente llama, atendemos con prioridad sus pedidos, en fin, los educamos, a veces el locutor platica mucho de este o aquel artista, los compositores, los premios, sus conciertos.

El visitante aplaude.

–Siento regocijo al comunicarles que tienen ustedes una alta calificación, denotan profesionalismo –tercia–, hay amor por lo que hacen, experiencia y afán de superación.

–Muchas gracias.

–Le comentaré a la gente de arriba acerca del magnífico trabajo que realizan.

–Tenga la seguridad de que para nosotros eso que dice significa un compromiso.

Se despiden. El inspector desciende las escaleras. La música se deja escuchar.

Perrea, mami, perrea.

PAREJA

El amor se hace más grande y noble en la calamidad.
Gabriel García Márquez

La mujer, con el rostro serio, sigue a su esposo con la vista.

Él se pasa la toalla por el rostro y la nuca, luego la deja caer sobre la cama.

—¿Entonces?

—Te conozco bien —apunta ella—, das vueltas y vueltas...

—¿A qué viene eso?

—Estoy segura de que me quieres decir algo, es más, sé lo que pretendes, pero no se va a repetir la historia.

El hombre resopla.

—Isabel, por favor, no vengas ahora con lo mismo, quiero sentarme a comer.

Se le para enfrente.

—Isabel nada, ya estás pensando otra vez en irte a "descubrir" cuevas, subir montañas, bajar ríos en canoa con tus amigotes, y estoy cansada de tus aventuras.

Él intenta cambiar la conversación.

—¿Ya está el almuerzo?

—El almuerzo está listo —riposta ella—, pero ahora no vas a almorzar, lo tuyo es escucharme.

Se sienta en la cama, acciona el control y enciende el televisor.

—¿También eso... te hablo y no me atiendes Jorge Enrique?

—Es que las cosas en esta casa de hace un tiempo para acá marchan al revés.

—¿Qué insinúas?

—Llego del trabajo cansado, loco por bañarme, comer, y a ti te da por formar esa perorata desagradable.

Se acerca a él y le espeta en voz baja:

–Te estás pasando, me buscas y me vas a encontrar.

Hace una mueca para disimular una sonrisa tímida.

–Acaba de servirme y no jodas.

–Te vas a tener que servir tú, calentar la comida y fregar el plato, pero antes "suelta" lo que quieres decir y no te atreves.

–Quien te escucha cree que eres tú quien lleva los pantalones.

–No digas sandeces –dice ella y se recoge el cabello con una liga–, machista de mierda.

Hace un gesto de fastidio, camina hasta la cocina. Busca su tenedor y un vaso.

–Mejor organiza esto, todos los días pones las cosas en un lugar distinto.

–Sí, seguro lo hago para entretenerme, no ves cómo me aburro aquí.

Él destapa una olla.

–Otra vez frijoles... ¿son los de ayer?

–No, de la semana pasada.

–Si estás aburrida ve a ver a una amiga o lee un libro, edúcate.

–¿Desde cuándo te dije que pidieras vacaciones para ir a ver a mi mamá?

–Allá no vuelvo ni muerto.

Ella lo taladra con la mirada.

–Sabes, no pienso cocinar más, vas a tener que comer en el trabajo o en la calle.

–¿Y qué vas a hacer con el dinero que te doy para comida?

–No es tu problema, lárgate con tus amigos y ojalá se ahoguen.

Él agarra la camisa del espaldar de la silla. Da un portazo.

PAYASO

Mi buen amigo, como me gusta conversar contigo. Nos unen tantas vivencias. Los recuerdos están ahí, sé que no se irán a ningún lado.

Quiero preguntarte otra vez por qué esa inclinación, cuándo te da por ser payaso. Miro atrás y parece que fue ayer que te gastas el salario en un disfraz. Vas por la vida sin pedir nada, haciendo lo que te da la gana.

Me rio de aquel episodio con la muchacha que conoces por teléfono, la enamoras, le haces mil promesas, la citas para verse en el parque y te apareces vestido de mujer.

¿Y la fiesta en el Ayuntamiento? Cuando sacas a bailar a la alcaldesa, la pisas tres o cuatro veces con tus enormes zapatos azules. Creo que por pena no se separa de ti y te dice basta. O tal vez no quiere bailar con su asistente, al que llaman "cara de bache".

Después ella te manda una carta cuando sin encomendarte a alguien exhortas a los recolectores de basura a declararse en huelga porque crees que se les paga poco. La que se forma en la ciudad es del carajo.

Lo malo tuyo es la alergia, la tarde que los niños te regalan flores ahí mismo en el escenario estornudas seis o siete veces seguidas, todos se miran, creen que es parte de tu actuación y te aplauden. ¡Qué carisma el tuyo!

Después finges estar incómodo entonces le pides a tu amigo el mago que desaparezca la pelota. Nadie se da cuenta que la tienes bajo el gorro. Ahí permanece casi toda la función.

Y los piojos, tienes una predilección por los piojos tremenda. Claro, también mucha paciencia. Nunca vi a alguien tan tolerante

¿Cuántas veces le platicas a tu tío sobre los diferentes trajes de payaso que hay? La esposa de él tan buena, te cocina frijoles todos los días y no dices nada. ¿O eres tú quien le escondes el periódico?

Voy contigo la vez que te detiene el agente de la motorizada, y cuando él se acerca a la ventanilla del carro lo recibes con tu nariz roja, brillosa, que te ocupa casi la mitad de la cara.

Él no hace más que reírse, te pone la mano en el hombro y te sugiere: ve despacio.

Solo yo sé que quieres ser payaso vagabundo, pero eres elegante, se te da mejor lo de payaso de carácter, te muestras más convincente, te ganas a todos. Tu mejor rol es cuando te interpretas a ti mismo.

Yo siempre despistado te traigo flores, pero qué diablos, ya no puedes estornudar.

PELOTAZO

Sentado en el borde de la cama mira al pedazo de espejo colgado de la pared.

—Pipo —dice la esposa— un hombre pregunta por ti.

—Te dije que no quiero ver a nadie.

El gigantón se para en el marco de la puerta, por detrás de la mujer.

—Permiso, soy yo, José Luis.

Él se pone de pie. Goyita se escurre a la cocina.

—Vine a ver cómo estabas y a disculparme.

Hace un gesto de cansancio.

—Tienes la mano enyesada.

—Sí, el médico me quiere ver dentro de un mes.

—Te pido que me disculpes, se me zafó.

Recorre lentamente los seis pies y cinco pulgadas del hombre que tiene frente a sí.

—Juego pelota desde que era un niño —apunta lentamente—, cómo me puedes decir que se te zafó, que fue sin querer.

—No le hagas caso a los comentarios de la gente.

—Qué gente ni un carajo... 99 millas.

El visitante mueve la cabeza de un lado a otro.

—Solo quería separarte del *jon*, vaya, asustarte.

—Aprendí hace años que en la pelota hay cosas que no se hacen, cuando se lanza a 99 millas es para desgraciarle la vida a alguien.

—No puedes pensar que lo hice a propósito.

—Tampoco voy a creer que te dijeron desde el banco que me golpearas.

La mujer entra a la habitación.

—Traje limonada.

Los dos hombres la ignoran.

–¿Sabes que es lo peor de todo? No –el mismo se responde–, allí estaban los hombres esos que buscan talentos, tenían los ojos puestos en mí.

El pitcher se pone a la defensa.

–No era mi intención, solo quería evitar que me dieras un batazo y entraran más carreras.

Baja la voz y dice casi para sí.

–Confiaba tanto en conseguir ese contrato, en resolver mis problemas.

–Es que tenemos muchas deudas –interviene la mujer– y pensamos que...

–Cállate Goyita –truena–, a él no le interesa.

Mira al marido y luego se vuelve al gigantón.

–Tiene todos los huesos de la mano derecha astillados, varias fracturas... el médico dijo que difícilmente vuelva a jugar, es más, tiene que olvidarse hasta de la fábrica de colchones, no sé qué trabajo podrá hacer ahora, anoche no durmió por el dolor.

Vuelve a sentarse en la cama.

El pitcher se acerca.

–Te pido que me perdones, no sabía, por favor, puedo hacer algo por ti, por ustedes.

Está destruido, sin embargo saca a relucir su orgullo.

–José Luis ya hiciste todo lo que ibas a hacer.

–Quizás te pueda ayudar con las deudas.

–Tengo un dolor terrible y necesito dormir... Goyita acompáñalo a la puerta.

Se alejan.

No puede evitar las lágrimas.

Abre la gaveta de la mesita de noche, saca su pistola, por unos segundos duda, luego descansa la mandíbula en el cañón del arma.

PREGUNTAS

La vida no es más que un instante
que se va perpetuando con la muerte.
Juan Rulfo

Siempre admiré tu inteligencia, el que para casi todo tuvieras una respuesta razonable, lógica... sin importar que fuera un niño, un adolescente, un adulto, para mí eras una persona (no prudente) entendida, dueña de un criterio sólido.

Ahora, ¿quién va a responder mis preguntas?

¿Por qué desde que te fuiste cada agosto es diferente?

¿A quién se le ocurrió afirmar que el tiempo alivia el dolor?

¿Por qué no puede venir alguien desde dónde estás y decirme cómo te sientes? Aprovecharía para mandarte a decir que tu libro de poemas me acompaña y te extraño mucho.

¿Dónde "descansas" es realmente un mundo mejor? Ojalá, porque el que conociste apenas existe. Lo que queda está bien jodido.

¿Quién va a insistir, sin reparar en la edad, en que no coma tan tarde, no esté muchas horas de pie, me proteja del sol y evite el insomnio?

¿Por qué hay cosas que marcan para siempre? Todos los días recuerdo tu voz, tu sonrisa, el brillo de tus ojos pequeños cuando nos sentábamos los cuatro a conversar. "Nada me hace más feliz que verlos juntos", resaltabas.

—Un día lo comprenderán —acostumbrabas a decir cuando te pedíamos explicación por tus gestos, tus acciones. Mis hermanos y yo entendemos cuánto se puede hacer por los hijos y los nietos con la mayor naturalidad del mundo, sin mirar a los lados.

¿Sabes cuánto diera por volver a verte? Sé que tú dieras el doble. Un día...

Pasan los años y envejezco sin avisar... ¿puedes decirme por qué? No sé cómo te las ingeniabas y tenías una palabra amable para todos. Comprendo tu refrán o lección de siempre "ir por la vida sembrando". Gracias. ¿Y esa capacidad inmensa de multiplicarte?

¿Por qué guardabas los marcadores y le doblabas las esquinas a las páginas de tus libros?

¿Quién va a polvorear la natilla como tú mi reina del café con leche? ¿Cómo recordar los cumpleaños de todos? Desde que faltas la casa me parece un poco más oscura.

Conociste la pobreza, la miseria, el desamor, las malas acciones –que viven aquí y allá–, sin embargo "tras las vueltas que da la vida", esgrimías: "me llena tanto por dentro darle a los demás".

Quiero recopilar tus poemas inéditos, que vean la luz en un libro, sin embargo no puedo leerlos sin que se me nuble la vista. Me percaté de tu felicidad en aquella tertulia literaria que con tanto cariño acogiste en casa.

La semilla germinó, pese a tu sapiencia, ni te imaginas (¿o sí?) cómo ha florecido el campo de la literatura. Otro día te contaré de la reunión de escritores, por el momento te adelanto que te imagino en cada presentación.

Quisiera extenderme, pero ¿por qué se me hace un nudo en la garganta y se humedecen mis ojos?

El hombre mira fijamente los cubiertos y el plato que tiene de-lante.

—¿Pasa algo? —Pregunta su esposa.

—Estoy cansado, ya verás —responde. Y grita a voz en cuello:

—Ramonaaa

—No tienes que llamarla por su nombre, es una empleada —comenta ella.

—Ramonaaa —insiste él.

—¿Eres sorda? ¿No escuchas cuando te llaman? —Presiona la mujer a la señora que entra al comedor arrastrando los pies.

—Sí —musita— quería venir, pero...

—No hay pero que valga, cuando él o yo te llamamos, dejas lo que estés haciendo.

—Se van sumando tus insuficiencias —enfatiza Leonardo— pare-ce que no entiendes.

—Comprende de una vez que debes estar agradecida de tener este empleo —añade la esposa con el rostro serio.

—¿Probaste la sopa? —resalta él— para mi tiene mucha sal y eso me pone de mal humor.

—Por si fuera poco recogiste el periódico después que llovió y tendiste tarde las camas de los niños —argumenta la mujer.

—Es que tuve que ir el mercado —responde la señora sin levantar la vista del piso.

—¿A comprar esas fresas viejas? —inquieren los dueños de la ca-sa.

—Las rosas del jardín están marchitas y no las recortas... ¿viste que sucio está el parabrisas del carro? —subraya él.

La señora traga en seco, quiere que la tierra se abra, evaporarse.

—Sin contar las ventanas de nuestra habitación, llevan varios días empañadas —agrega la mujer— no podemos disfrutar del paisa-je, además, los jarrones de la sala no pueden tener más polvo.

—Me da pena —casi susurra la empleada.

—Con tu pena no resolvemos nada, ¿crees que eso le quita el mal olor a los perros? —externa él bien molesto.

—Menos mal que el almuerzo estuvo a tiempo —deja caer la esposa y juguetea con su collar.

El hombre resopla.

—¿Por qué no viniste de inmediato cuando te llamé?

—Es que estaba hablando por teléfono con Pedrito —dice en voz baja.

—¿Con tu hijo? ¿Otra vez? Esto es increíble ¿Te pagamos por ha-blar por teléfono? ¿Recuerdas todo lo que te dije el primer día que viniste a esta casa? —le interpela ella.

La señora no responde.

—Mírame a la cara Ramona —le pide él— ¿qué quería ahora el señor Pedrito?

—Nada, me da pena —reitera.

—Basta de pena, bien sabes que por todo esto que has dejado de hacer tengo que descontarte.

—No valoras, no aprecias el empleo que tienes —interviene ella.

—A ver ¿qué dice tu hijo?

—Quería que supiera que le aumentaron el salario.

—Ah, era eso.

—También me dijo que...

—¿Te incitó a pedir vacaciones?

—No, me pidió que los mandara a ustedes al carajo y que se me-tan el empleo en el culo.

RECEPCIÓN

–Te echaste todo el perfume.

Él la mira.

–No todos los días le entregan a uno un reconocimiento –responde.

–Tal vez quieres impresionar a alguien –riposta ella.

Se ajusta el nudo de la corbata y comprueba el brillo de los zapatos.

–He trabajado años, pero nunca imaginé que llegara este momento... la invitación dice recepción y gala, después tenemos una cena con las autoridades de la ciudad.

–Sigues emocionado, te felicito, estoy ocupada y no podré acompañarte, Renancito irá en mi lugar.

–¡Te agradezco tanto!

–Tú verás que él no te va a hacer quedar mal –apunta la mujer.

–Contigo siempre me siento seguro, pero tienes razón, ya es hora de que él conozca a algunas personalidades.

Camina de un lado a otro. Se detiene otra vez frente al espejo.

–Estás nervioso, no vayas a dejar los tabacos que quieres obsequiar.

La joven frente al televisor, atenta a la conversación, se vuelve:

–Papá, ¿vas a regalar tabacos?

No responde. Es la mujer quien interviene:

–Sí, tabacos y botellas de *whisky*.

La muchacha lo mira, se para frente a él.

–Desde que tengo uso de razón solo te he visto trabajar... no tienes que chuparle las medias a esa gente por un reconocimiento y una cena, que ni siquiera te hace falta.

—No sabes nada de esto hija –le pone las manos sobre los hombros–, un día te explicaré.

Luego, para desvirtuar la atención agrega:

—Es verdad que pareces una cruz –y sonríe.

—No te metas con la boca de la muchachita y atiende lo que ella te dice.

Sienten pasos en la escalera. Renancito llega hasta donde están.

—Pero... qué estoy viendo –grita el padre–, el pantalón desgarrado, tenis sin medias, una argolla en la nariz, y los brazos que parecen un mural con los tatuajes feos esos.

Todos se miran.

—¿No sabes lo que es una recepción?

—Él lo sabe bien –intercede la madre–, eres tú quien no ha visto cómo anda el hijo del alcalde.

—Ya lo dijiste –truena–, el hijo del alcalde, pero no el de Renán Arzuaga.

—Se va a poner otra ropa ahora –apunta ella en tono conciliador–, espéralo unos minutos.

—Estoy atrasado –replica de mala gana– que se apure.

El hijo sube los peldaños de dos en dos, entra a su habitación. En la sala predomina el silencio.

Respira profundo y mira el reloj.

—Ya debía estar en el Ayuntamiento.

—Seguro –expresa la mujer– con ellos te las das siempre de puntual, no olvides que a veces tienes que esperar a esos cabrones hasta media hora.

—No te expreses así.

—Esa es la opinión que tengo de ellos... y de otras personas.

—Cuando salga de esto, tú y yo vamos a conversar –señala el hombre en tono amenazador.

Ella le da la espalda.

—Hija, por favor, puedes decirle a tu hermano que debemos irnos.

La muchacha asiente y sube corriendo la escalera. Toca en la puerta, espera unos segundos y acciona el picaporte.

El hombre perfumado se acerca al refrigerador, necesita tomar agua, pero escucha un grito:

—Papá, Renancito se fue por la ventana.

RECETAS

La nariz le chorrea. Saca el pañuelo. Tiene un día de esos insoportables. Escucha a la joven.

—Raymundo Alcántara.

—Soy yo —responde con voz ronca.

—Venga conmigo, el doctor lo va a atender.

Se detienen frente a la puerta. La muchacha toca.

—Adelante.

El paciente no se hace esperar.

—Buenas tardes, a ver ¿qué podemos hacer por usted?

—Me siento mal —dice—, me dan escalofríos, apenas duermo.

—Ya usted llegó aquí, no dude que se va a poner bien... siéntese.

Alcántara se acomoda.

Enfundado en una bata blanca, larga, perfectamente afeitado, el médico lo mira.

—Respira con dificultad.

—Sí —apunta.

—¿Desde cuándo se siente mal?

—Todo comenzó ayer, me acosté a dormir la siesta y me despertó un fuerte dolor de garganta.

Toma un depresor, se pone de pie y se acerca al hombre.

—Abra la boca lo más que pueda. ¿Tose mucho?

—Doctor, usted cree que...

—No, responde el galeno, nosotros no creemos, estudiamos muchos años, no terminamos nunca de leer, de actualizarnos para resolver los problemas de la gente, pero antes tengo que examinarle la garganta.

Hace un gesto de molestia, sin embargo se resigna.

Aplica el depresor sobre la lengua, aproxima la lámpara.

—Sí, ahí están.

—¿Qué cosa?

—Tiene unas placas enormes.

—¿Y eso es malo?

Regresa a su sillón.

—No es que sean malas, pero fastidian muchísimo, le voy a recetar un spray, es una especie de analgésico, lo usa sobre todo de noche para que duerma, lo aplica en la zona afectada.

—¿Y eso le da también al dolor de cabeza, al decaimiento?

Vuelve a mirarlo detenidamente.

—Debíamos haber comenzado por ahí, ¿también le duele la cabeza?

—Usted no me preguntó, pero me duele, y siento frío.

—Póngale el termómetro —ordena a la muchacha que ha permanecido en silencio.

—¿Tengo que quitarme la camisa?

—No —responde la joven—, solo abra la boca.

—¿Otra vez la boca?

—Sí, le pondré el termómetro unos segundos.

El médico garabatea en el recetario. Levanta la vista cuando escucha a su asistente.

—Ahora mismo no tiene fiebre.

—De todas formas vamos a evitar.

El adolorido los mira a ambos.

—Le voy a indicar unos caramelos para la garganta, un jarabe para la tos, debe tomar mucha agua... dígame, ¿cómo está orinando?

—Nooo, yo allá abajo no tengo problemas —apunta con rapidez Alcántara.

Sonríe y prosigue.

–Definitivamente tiene una gripe severa, el malestar de los primeros días, nada que el *claritín* u otro antihistamínico no puedan aliviar, recuerde, abundante líquido y un buen té de cebolla.

–Doctor.

–Déjeme terminar, puede hacer gárgaras de agua con sal, tomar miel, además, le escribo aquí que debe hacer un ciclo de vitamina C, preferiblemente de mil miligramos, tres o cuatro al día.

–¿Entonces?

–Quiero verlo aquí el miércoles de la semana entrante, pero no se descuide, si no siente alivio regrese y le inyectamos unos antibióticos nuevos.

–Pero...

–Dígame, ¿tiene alguna duda?

–Quería preguntarle si en vez de esas medicinas me puedo comer un bistec.

RECLAMO

El coronel da unos pasos, saca las manos de los bolsillos y las apoya en el espaldar de su sillón.

–Insistir es en vano –dice– aunque quiera, el cuerpo de su esposo no va a descansar en el Panteón de los Militares.

–Sé que usted se opone –apunta la mujer–, sin embargo es de los que conoce el trabajo de Antonio, por más de 30 años estuvo atento, escribiendo de las cosas del ejército, viajando a solicitud del general, dando cobertura por el periódico a varias campañas, jugándose la vida.

El oficial se rasca una oreja.

–Si usted solicitó la entrevista para esto, le soy sincero, la hubiera rechazado, le hubiera evitado venir hasta aquí.

Finge que no ha escuchado y riposta.

–Antonio dedicó su vida al periodismo y en especial a los militares, a todo lo que hacían, incluidas las fiestas... usted lo sabe bien.

Se sienta, cruza las manos sobre el escritorio y la mira fijamente.

–¿Su esposo era militar?

–No, pero fue un periodista de mucha experiencia que atendió por años al Departamento, prácticamente se debía a él.

–Y yo lamento su pérdida, dígame ¿él participó en alguna guerra?

–No combatió, fue corresponsal en algunas de ellas, tomó fotos que después le fueron útiles a ustedes.

–¿Fue sanitario? ¿Cocinero? ¿Barbero? ¿Estuvo en la retaguardia? ¿Fue espía?

–No –responde ella con timidez.

–¿Entonces? –sostiene el hombre– no puedo hacer nada, cómo puedo autorizar que lo sepulten en nuestro Panteón, donde están los restos de tantos héroes.

—Es que...

—No argumente más nada —la interrumpe bruscamente—— si lo autorizo, si doy mi conformidad, es una violación de lo establecido y me puede costar caro.

La mujer asiente. Con el rostro serio insiste.

—Usted y yo sabemos que Antonio merece estar allí, se lo dio todo, a veces se ausentaba meses por servirlos, enfrentamos muchas necesidades y nunca pidió nada.

—Tenía entendido que a él se le atendía.

—¿Atendía? Jamás, no lo permitiría, no gozaba ni quería ningún privilegio.

Solo se escucha el ruido del ventilador.

—¿Conoce el barrio en que vivimos tantos años, tiene idea del tiempo que estuvo enfermo, de qué tamaño tenía la próstata, todo lo que sufrió en silencio?

El coronel se pone de pie, como dando por terminada la conversación.

—No me correspondía estar al tanto de eso señora... ya le dije, lo siento.

—Él siempre anheló descansar junto a los militares, los admiraba tanto, sería un orgullo tremendo, fue su último deseo.

—No puedo hacer nada —responde y baja la voz—, reconozca, las personas que están allí —apunta a la ventana— tienen sobrados méritos.

Ella levanta la cabeza, sus ojos adquieren una frialdad terrible. Rebusca en su cartera.

—Tome —le extiende al oficial un reloj y una pluma personalizada.

—¿Y esto?

—Dígale al general que no lo necesitamos.

RECUERDOS

Tirado sobre el camastro, el antebrazo encima de la frente, los pies entrecruzados. Los minutos, otra vez, se le hacen interminables. Los recuerdos cobran vida. Es como una película. No puede apartar de su mente las imágenes.

Fulminante. Rápida la combinación. Demoro más revisando sus bolsillos. No sé por qué se resiste.

Todo estaba calculado. Conozco sus costumbres. Cada jueves, después del cobro, va hasta Tomas Tavern. Un trago largo de *whisky*, siempre Jameson... y otro corto. A continuación, una cerveza "esta liga es como probar la gloria", le comenta a quienes tiene cerca. Toma despacio, es un bebedor con experiencia.

Se desabotona el primer botón de la camisa y camina hasta la puerta, mira atrás, como queriendo despedirse de todos, pero nunca se vuelve.

Emprende el camino a casa. Lo sigo. En cuanto entra al callejón lo ataco por la espalda. Un pescozón sobre la nuca con la mano abierta lo toma por sorpresa. El impulso lo lleva a dar un paso adelante y alejarse de mí. Consigue sobreponerse. Entonces da media vuelta y me ve. Se prepara para pelear.

Me embiste como un toro, le giro a un lado, a otro, evito sus golpes. Después viene la combinación, un gancho de izquierda al estómago y el *uppercut* al mentón. No hace falta que le lance el golpe recto. Cae de espaldas. Su cabeza da contra los ladrillos desgastados.

Voy rápido sobre él, a sus bolsillos, un llavero viejo, varios billetes de 20 estrujados, unas pocas monedas y el comprobante de pago de la lavandería. Nada más, el cabrón no tuvo una buena semana. ¿Así pensaba llevar comida a su casa? Los soñadores que no se acaban.

Corro una cuadra, dos, después camino a paso ligero para alejarme del lugar. Por gusto, la Policía da conmigo al día siguiente, aún no me he levantado. Casi me tumban la puerta. Algún amigo me da la mala. Los lengüilargos sobran.

La voz del oficial interrumpe sus recuerdos:

–¿Andy Trujano? Pregunta y escudriña a todos.

–Soy yo.

Me mira fijamente

–Lo siento muchacho –dice– la jueza rechazó tu solicitud de fianza.

RENCOR

El capitán pone la gorra a un lado, se seca el sudor de la reluciente calva y grita:

—El próximo.

Se acerca un joven alto, flaco.

Lo observa fijamente.

—Tienes parásitos

—No sé —dice en voz baja el aspirante a recluta.

—Lo mío no fue una pregunta, tú que vas a saber —riposta el oficial—, a ver, cuál es tu nombre.

—Adelo... Adelo Domínguez

—Menos mal que hablas, ¿de dónde eres?

El joven se vuelve, apunta a las montañas que se ven a lo lejos.

—De por allá, un lugar que le dicen San Lorenzo.

El rostro del capitán se ensombrece, da unos pasos hasta ponerse frente a Adelo, tiene una mirada dura, fría.

—¿Entonces tú eres el hijo de Rosendo?

—No.

—No ¿qué?

—Rosendo es mi tío, él fue quien me dijo que viniera a sumarme a la tropa, que aquí al menos podía comer tres veces al día.

—A tu tío, a tu papá, me da lo mismo, me los paso por aquí —se lleva la mano derecha a la portañuela— te prometo que la vas a pasar mal, ellos me la deben desde hace tiempo.

—Jefe, el muchacho no tiene la culpa —dice en tono conciliador el teniente en cuyo rostro hay marcas de vitíligo.

—¿Te vas a poner de parte de los mierda esos? —riposta encolerizado el calvo— bien sabes que ellos se la dan de cabrones, ahora mandan a este imbécil lleno de parásitos para que nos hagamos cargo de él, siempre me quieren joder.

Hay un silencio. El teniente recoge unos papeles y se dirige a Domínguez.

–Ven conmigo.

–Alto ahí –truena el capitán– llévalo directo al calabozo, además para él hoy no hay almuerzo, se supone que comió en su casa.

–A veces... –vuelve el de vitíligo–, el problema no es querer, quizás por allá las cosas no están ni regular.

El calvo se lleva las manos a la cintura, el sol le castiga la espalda, de momento su rostro cambia, pone a un lado la ira, apela a la ironía.

–Nosotros vamos a resolver el problema, puedes ir al pueblo, haces una factura, se la llevas, recuerda comprar frutas, vegetales para que coman sano, en el fondo deseamos que duren 100 años.

El teniente no puede soportar la mirada de su superior, baja la vista y contempla la tierra reseca.

–Tú bien sabes que ese Rosendo es el clavo de mi cruz, tendrá que venir a buscar a su sobrino, entonces esto se va a poner del carajo –vaticina el alto oficial.

Avanza hasta el desvencijado escritorio, se deja caer en la silla, abre una pequeña gaveta, aparta un sobre con medicinas, y saca una pistola.

–Hay gente que solo a las malas aprende a respetar a los hombres.

Otra vez el silencio se apodera del lugar, al teniente solo se le ocurre juguetear con los papeles, se dirige a su superior.

–Jefe, posiblemente el muchacho ni había nacido cuando aquel incidente, no le niegue un plato de comida, además, no debe hacer esas incomodidades.

Da un puñetazo en la mesa.

—Aunque pase un siglo —grita— no voy a olvidar aquella ofensa, entre Rosendo, su hermano, y la puta de Nancy echaron por tierra mi dignidad...

—Capitán se ve pálido... ¿se siente bien?

Desfallecido, la cabeza sobre el hombro derecho, acota:

—Dame un vaso de agua con limón.

—No joda jefe, póngase fuerte, en estos tiempos nadie se muere por un tarro.

Ruptura

Juguetea unos segundos con el bolígrafo, luego se quita la gorra y la deja caer sobre el escritorio.

–Entonces ¿estás decidido?

–Sí.

–No es mi intención influir en lo que hayas determinado, para mí es un deber preguntarte si analizaste bien, ¿has puesto las cosas en una balanza?

El espigado joven, sin atreverse a levantar la vista, asiente.

–Bien sabes como te hemos tratado aquí –le argumenta– la franquicia abrió la chequera y te dio un contrato que pocos a tu edad han conseguido.

–Lo sé.

–Estás siempre en los planes, eres un jugador regular, además, te entregaron un bono solo por firmar, o sea, han sido generosos...

–Les estoy agradecido, no piense que no valoro los gestos que han tenido conmigo –responde en voz baja.

–Hay un contrato por el medio y lo quieres romper.

–No quiero, necesito ponerle fin.

–Habla claro, dime si apareció otro equipo, te han ofrecido más dinero, consideras que vas a estar mejor.

–No es nada de eso.

Luis se acaricia el cabello, respira profundo.

–Te he tomado mucho cariño, a ti y a los tuyos –enfatiza–, no sé, esto así, de pronto.

–Lo he pensado bien, quizás algunos reaccionen de otra forma, pero me parece que es lo mejor.

El experimentado entrenador se acerca al joven.

—¿Qué vas a hacer? ¿Te vas a quedar en casa con Lourdes y los niños? ¿Vas a echar por tierra tu talento?

—Creo que no debo seguir jugando, es en la casa donde debo estar ahora.

—No te entiendo —insiste.

—Para mí es difícil, no he querido hablarlo ni con mis padres.

—Es que tampoco sé si ellos comprenderían, cuentas con un excelente seguro médico que te cubre a ti y tu familia, te protege en caso de alguna lesión, en el aspecto económico estás cómodo, hiciste un presupuesto, y fíjate, con dos o tres temporadas más tendrás una pensión de por vida.

Luis regresa a su sillón de espaldar alto, se recuesta, quiere mirar al jugador a los ojos.

—No puedo mentirte, tampoco quiero que te confíes y bajes la guardia, pero de seguir como hasta ahora después de tu retiro puedes ser candidato al Salón de la Fama.

Por fin Carlos levanta la vista, tiene los ojos llorosos.

—He pensado en todo eso —hace un gesto de contrariedad—, a veces las cosas no salen como uno piensa... usted sabe, el hombre propone y Dios dispone, yo vivo agradecido de todo lo que he recibido, lo que he vivido entre ustedes.

—Te noto deprimido, debes ser fuerte, tienes todo a tu favor, juventud, condiciones, talento, aquí cuentas con otra familia, realmente no afrontas las preocupaciones de miles que no han podido llegar.

—Ya no tiene sentido hablar de eso.

Da un golpe en la mesa.

—No quiero que pienses así, ante ti hay un mundo de posibilidades, millones quisieran estar en tu posición, y lo mejor es el futuro, pero tienes que jugar.

—Profe...

Lo interrumpe.

–Profe nada, Dios te dio un talento y debes hacerlo valer.

–Es que...

–No me des explicaciones, necesitas un día, una semana de descanso, eso lo podemos arreglar.

El joven se pone de pie, respira profundo.

–Los médicos le detectaron un tumor a Lourdes, opinan que apenas le quedan dos meses.

Separación

El niño tiene la mirada clavada en el suelo. La madre, con las manos sobre los hombros de él, le repite:

—Tengo que ir a trabajar, me duele dejarte.

Asiente.

—Pero...

—El sábado por la tarde te voy a traer flan.

—¿No puede ser el miércoles?

—Los miércoles no permiten visita, vas a casa un sábado y al siguiente estoy aquí contigo.

Se abrazan.

—Falta mucho —insiste el pequeño.

—A mí también me parece que son demasiados días... si te dieran pase todos los sábados, sería mejor.

—Papá ¿por qué no viene?

—Tú sabes que es camionero, seguro está de viaje.

—Aunque sea un día él puede venir, o pasar por allí —señala a la calle.

La mujer toma por la barbilla la cara del menor.

—Ya tu papá tiene otra familia, tal vez venga a verte en las vacaciones.

—Seguro que está cansado.

Ahora es la madre quien asiente.

—Lo importante es que estudies, te portes bien, aquí tienes muchos amiguitos.

—Wilfredito es el mejor de todos, siempre me da leche condensada.

La mujer recuesta la cabeza del niño contra su pecho.

—El miércoles salgo del trabajo y vengo a verte, vamos a estar juntos un buen rato.

La mira sorprendido.

—Entonces ¿no vas a hacer el flan?

—Sí, lo hago el martes por la noche y al otro día amanece más rico.

Se abrazan otra vez.

—Yo no quiero que te vayas.

—Me esperan en la oficina, te quiero mucho, te extraño.

Vuelven a mirarse. La madre busca en su cartera un pañuelo. El niño cierra el puño y se restriega los ojos. Se besan.

—Eres lo que más quiero —dice ella—, pronto no vas a estar en este internado.

SOLO

Se inclina sobre el cristal. Quiere que todo esté perfecto, sin embargo no tiene tiempo para fijarse o detenerse en detalles. Traga en seco. Desde hace meses espera este momento. Se estremece.

Retrocede. Mira a todos lados. ¿Por qué Rubén y Frank no llegan? Dijeron por teléfono que venían en camino. ¿Por qué al amigo de todos se le ocurrió hacer esto?

Escucha unos pasos que se acercan.

—Señor, lo llaman de la oficina —le susurra el secretario.

Asiente, consulta su reloj y hace un gesto de contrariedad. Se recuesta a la pared blanca. Casi sin quererlo acaricia las llaves y el crucifijo que guarda en el bolsillo izquierdo del abrigo.

Vuelve a asomarse a la puerta.

—En medio de todo —dice para sí—, le echo de menos a una taza de chocolate caliente.

Avanza hasta el corredor, le parece que todas las personas se vuelven a mirarlo. Cuenta los mosaicos: uno, dos, tres, cinco, siete, nueve, doce...

Tantas preguntas por responder. A esto de estar solo no hay quien se acostumbre, reflexiona. A veces hace falta un abrazo. ¿Dónde están mis compañeros de trabajo?

Vibra el teléfono. Es Miguel.

—Oye, terminé el concierto como a las 4 de la madrugada, en unos minutos estoy ahí contigo. Cuelga.

El secretario le pone una mano en el hombro.

—Disculpe ¿Pudo ver al director?

—No, lo había olvidado, ya voy.

—Comprendo... fíjese, estoy aquí para lo que necesite.

—Gracias.

Sube las escaleras. El gordo, con un pelado militar, sale a su encuentro.

—Te mandé a buscar.

—¿Hay algún problema?

—No, pero... ¿cuándo llegan el resto de los amigos?

—Deben estar al llegar.

—Ojalá lo hagan a tiempo. El carro fúnebre sale a las tres.

VALOR

Lanza al cubo un escupitajo sanguinolento y balbucea:

–¿Falta mucho?

–Solo dos asaltos, pero no puedo dejar que sigas... voy a tirar la toalla.

Mueve la cabeza de un lado a otro.

–Ni muerto –responde en voz baja.

Suena la campana y una fuerza interior lo "arrastra" al centro del ring, sin embargo a los pocos segundos está otra vez contra las cuerdas; no tiene defensa ante la andanada de golpes que lanza "Kid Martillo".

Trata de levantar los brazos, pero estos le pesan una tonelada, hace una finta, se va a un lado, retrocede.

El "second" coloca la banqueta, lo ayuda a sentarse, y le comenta optimista:

–Eres el mejor, tres minutos más y nos vamos.

–Agua –responde.

Deja caer la cabeza atrás, las luces le molestan. Todo le molesta. Tiene los ojos semicerrados, siente que exprimen una esponja cerca de él.

–Aun te queda gasolina en el tanque, muévete, no dejes que te corte el paso –le dice el entrenador, y le pone algodones en los huecos de la nariz– tu rival también está cansado, quítatelo de arriba con ganchos.

Le colocan el protector, aprieta los dientes, y de nuevo se enfrenta a aquel hombre que se le viene encima. ¿Quién dijo que el boxeo es fácil? Y encima el hijoeputa reloj que no camina, reflexiona. Diera cualquier cosa por un batido de guanábana bien frío.

Recibe un derechazo tremendo en el estómago, siente que le falta el aire, las piernas le tiemblan, busca protección en las cuerdas, el guante del contrario le roza la oreja izquierda. Trata de agarrarse, de descansar sus libras sobre el rival. Tira un gancho, el *jab*, sus golpes no llevan fuerza. Un recto en plena frente lo estremece. Carajo, lo ve todo nublado. La campana es su salvación.

–Ves que eres un cabrón, el más guapo de todo esto por aquí —dice su amigo en la esquina mientras lo abraza— Ese maricón no pudo noquearte.

Le quitan los guantes, el vendaje, lo ayudan a bajar los escalones. Lentamente lo conducen hasta el baño. Se mete bajo la ducha, deja que el agua recorra los pómulos hinchados, la nariz sangrante, los labios partidos, el moretón enorme que empieza a asomar sobre el estómago.

Se seca con cuidado, no tiene fuerzas para peinarse. Recoge la bolsa, guarda sus guantes viejos, las zapatillas que piden a gritos un remiendo.

Allí está Mayra, los ojos llorosos, se abrazan.

–Llévame al médico... creo que tengo algo roto dentro.

–¿No te vio el doctor?

–Hace mucho que no creo en esos matarifes.

La mujer lo mira. Él le extiende un cheque.

–Toma, pedí que lo pusieran a tu nombre, paga la renta del cuarto, y si sobra algo cómprale una muñeca a la niña.

Epílogo

Punto final al tercer volumen de Gentes. Una treintena de cuentos o historias cortas que dejo reposar antes de disponerme a encarar esta cuartilla en blanco.

Lo dejó sentado Gabriel García Márquez "El esfuerzo de escribir un cuento corto es tan intenso como empezar una novela".

Pueden gustar algunos de ellos, otros no tanto, desde mi punto de vista sé que los personajes lo han disfrutado mucho. Sin dudas estoy –o me veo– en varios de ellos.

Me pregunto qué será del abuelo amable y educado, o de la otra persona entrada en años que necesita viajar para estar en la graduación de su nieta preferida, del beisbolista, del boxeador derrotado, el funcionario, el militar rencoroso, la empleada, el dramaturgo invitado a llevar sus piezas al viejo mundo, de la mujer que desea ver los restos de su esposo en el panteón de los militares...

¿Cobrarán vida en otro libro de cuentos? No sé. Pero ellos están ahí, deambulan conmigo, platican, creo que hasta se conocen –como quiera que viven en un lugar común–, respiran el mismo aire.

"Toma a tus personajes de la mano y llévalos firmemente hasta el final, sin ver otra cosa que el camino que les trazaste", apuntó Horacio Quiroga, quiero asirme a ello como una tabla de salvación.

Muchas de esas "gentes" gozan de salud, pueden reaparecer o no... ¿será que no se han ido nunca?

Insisto en decir con pocas palabras, en un lenguaje sencillo que permita a todos entender, ahí tal vez radique lo transparente de estas líneas que intentan ser epílogo, la parte final de este libro de historias breves.

Si consigo que el lector se acerque a estos personajes, los identifique más que todo por lo que dicen –dada la poca descripción–, puedo decir que Gentes, volumen tres, ya recorrió parte del camino relacionado con el arte.

Los cuentos que aquí aparecen están lejos de tener un final cerrado, el lector tiene la posibilidad de escribir o pensar tantos cierres como se les antoje.

Cualquiera, con el paso del tiempo, está en condiciones de preguntarse si el abuelo llegó a tiempo a la graduación, si el boxeador derrotado se reencontró con el éxito, ¿regresó el hombre que dejó a la mujer en medio de una incomodidad? O con el crecimiento del niño desapareció el internado.

La invitación está en pie. Gracias.

Roberto Peláez R.
Las Vegas. Febrero 2024.

Del autor

Roberto Peláez Romero, originario de Guantánamo, Cuba, es un distinguido periodista graduado de la Universidad de Oriente. Con más de veinticinco años de experiencia en el periódico provincial "Venceremos", donde estuvo a cargo de la página deportiva, Roberto ha cubierto una amplia gama de competiciones deportivas a nivel provincial, nacional e internacional, así como entrevistas a figuras destacadas de la cultura y campeones olímpicos, mundiales y panamericanos.

A lo largo de su carrera, ha sido galardonado con primeros lugares en concursos de periodismo y literatura, reconocimiento que culmina con la recepción del Premio de la Ciudad de Guantánamo en 2003, durante el aniversario 133 de la Declaración de Villa. Su talento y dedicación le ha llevado a recibir premios de prestigio internacional, como el Premio Rumi, por su labor en favor de la comunidad hispana en Las Vegas, Estados Unidos, donde actualmente reside.

Además, ha sido laureado en concursos organizados por la Asociación Nacional de Prensa Hispana de los Estados Unidos (NAHP) y recibió un reconocimiento especial del vicepresidente de la República de El Salvador en septiembre de 2020 por su atención a la comunidad salvadoreña.

Su obra "Gentes I y II", publicadas en el 2021 por Editorial Primigenios, ha recibido aclamación crítica y pública, lo que le valió el Premio "Pluma de Oro" de la Asociación Internacional de Poetas y Escritores Hispanos, con sede en Orlando, Florida. Roberto actualmente sirve como editor del semanario "El Mundo", establecido en junio de 1980 en Las Vegas, Estados Unidos, continuando su compromiso con el periodismo y la literatura.

ÍNDICE

FUNDACIÓN
PRIMIGENIOS

Made in the USA
Columbia, SC
11 March 2024

32501293R00065